英雄と魔女の
転生ラブコメ
A reincarnatable
romantic comedy
of a hero and a witch
2
amamiya kazuki
雨宮和希
illustration
えーる

夏休み！プール！
青春！
久《く》藤《どう》信《しん》二《じ》
白《しら》石《いし》護《ご》道《どう》
新《しん》藤《どう》優《ゆう》香《か》

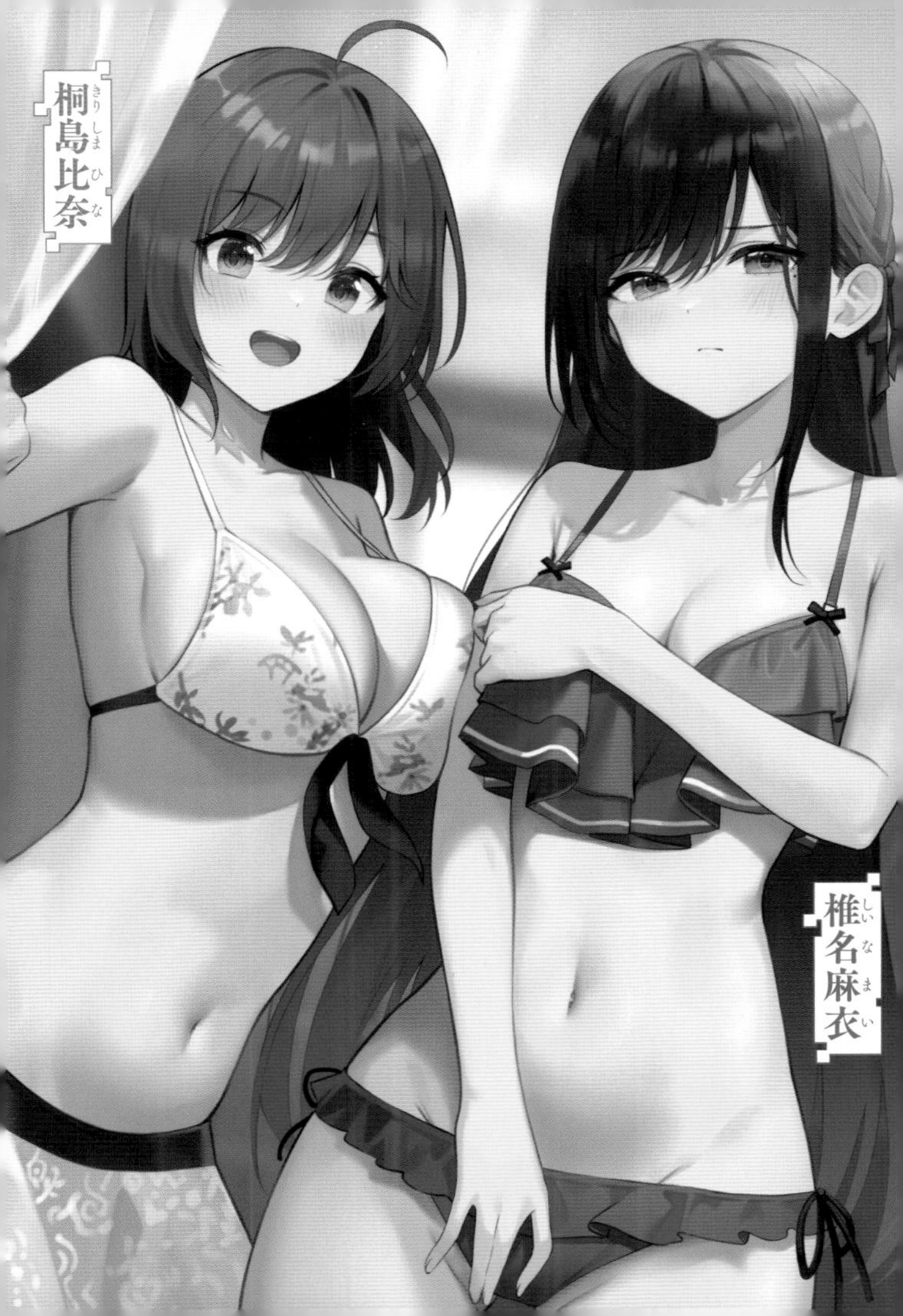

桐島比奈
きりしまひな

椎名麻衣
しいなまい

暗い夜空に、一筋の光が昇っていく。
どん、と音を鳴らして、大きな火花が散った。
「綺麗……」

「……護道。私ね、
貴方を幸せにするわ」
耳元でささやくようにそう言われ、
抱きしめる手に力がこもる。
「――俺も、お前を幸せにするよ。
今度は友達じゃなく、恋人として」

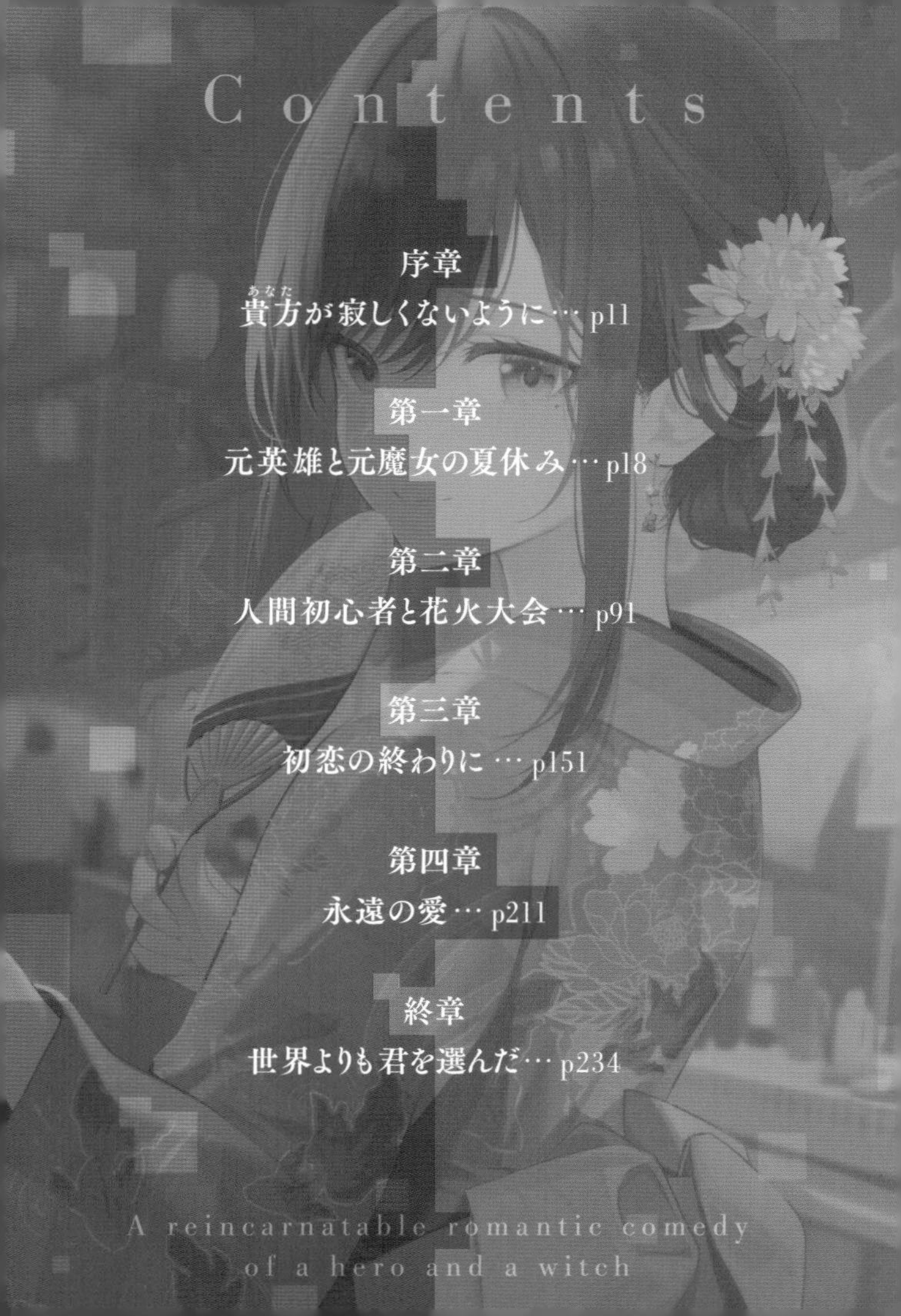

Contents

A reincarnatable romantic comedy
of a hero and a witch

英雄と魔女の転生ラブコメ２

雨宮和希

講談社ラノベ文庫

口絵・本文イラスト／えーる
デザイン／百足屋ユウコ＋宇都木スズムシ（ムシカゴグラフィクス）

序章　貴方《あなた》が寂しくないように

弦楽器の音色が、物語を詩曲へと変える。

吟遊詩人が語ったのは、騎士と王女の身分違いの恋物語だった。

「――そうして二人は、すべての障害を乗り越え、永遠の愛を誓ったのでした」

アウグスリア神聖国、レンサスの街。裏路地にある酒場『静かな宴《うたげ》』。

元々あまり騒がしい店じゃないが、吟遊詩人が訪れた今日は特に静かだ。

みんな、耳を澄まして彼が語る物語を楽しみながら、酒を嗜《たしな》んでいた。ここはレンサスの街の隠れ家的な名店で、世界中を旅していた俺も特に気に入っている場所だった。

吟遊詩人が挨拶をして、ぱちぱちと拍手が酒場を満たす。

この日訪れた吟遊詩人は各地で有名らしく、確かに聞いていて飽きなかった。

「やっぱり、恋物語は泣けるわねぇ……」

とはいえ、えぐえぐと涙まで流しているのは、俺の対面に座るこの女ぐらいだろう。

セリス＝フローレス。世界を滅ぼしかけた大罪人。災厄の魔女。

「まあ、酒の肴《さかな》にはちょうどよかったな」

「あのお話を聞いて、感想がそれだけなの？　相変わらず血も涙もない男ね」

「まさか魔女に思いやりを語られる日が来るとはな」

対して、俺はアウグスリア教会に選ばれ、魔女の討伐を使命とする英雄。

そんな二人が場末の酒場で一緒にいるとは、世界中の誰もが想像すらしていないだろう。

「ふん、私の願いを踏みにじった貴方に、人の心なんてないのでしょうけれど」

「俺はただ英雄として、正しいと信じる道を選んだだけだ」

実際、俺と魔女は何度も殺し合った。

その果てに勝利した俺は、魔女を殺さないことを選んだ。

だから今、俺――グレイ゠ハンドレットは、魔女と行動を共にしているのだ。

「……貴方、やっぱり馬鹿でしょ。私を殺しておけば、こうやって逃げ隠れしながら旅する必要なんてない。輝かしい栄誉を摑《つか》んで、大手を振って日向《ひなた》を歩けるのに」

「言われなくても分かってるが、お前よりはマシだ」

この道は最も険しく、世界中を敵に回すと分かっている。

それでも俺はこの道を選んだことに後悔はない。

「……皆が望む理想の英雄にはなれなくても、俺は俺が信じる英雄で在りたい」

「はぁ、またそのわけの分からない理屈ね。聞き飽きたわ」

魔女は肩をすくめる。薄暗い酒場の中でもフードで顔を隠しているため、その表情までは窺《うかが》えないが、きっと呆《あき》れた顔をしていることだろう。

魔女と同じように、今は俺もフードを深めに被《かぶ》って顔を隠している。

ここは、そういった怪しげな恰好《かっこう》をしていても金さえ払えば触れてこない店だった。

俺たち以外にも、一癖も二癖もありそうな連中が静かに酒を嗜んでいる。

「はぁ、ちょっと疲れたわね……」

まあ、そんな連中でも目の前の女の正体を知ったら白目を剝《む》いて倒れるだろうが……詩曲を聞いて子供のように泣いている女が、まさか災厄の魔女とは思うまい。

「泣き疲れたのか」

「な、泣いてないわよ！」

いや、嗚咽《おえつ》混じりに泣いてないは無理があるだろ。

……と思ったが、どうせ否定するので指摘はやめておく。

「好きなのか？　ああいうの」

俺は撤収の準備をしている吟遊詩人を眺めながら、魔女に尋ねる。

「物語だけは……こんな私でも責めないでくれるから」

ぽつりと零《こぼ》された一言に、返す言葉を失う。

そういえば魔女は暇な時、どこからか集めてきた本ばかり読んでいた。

それは神話だったり、自伝だったり、小説だったり、何らかの物語だった。

「特に恋物語が好き。恋のお話からは……私の知らない、人の美しさを感じられるから」

そう語る魔女は、珍しく幸せそうに表情を緩めている。

俺は、魔女のこんな表情を見たのは、生まれて初めてだった。

「恋物語、ね……」

俺も、魔女が読んでいる本に目を通したことはある。

だが、どれも心には響かなかった。というよりも、いまいち理解できないのだ。

恋というのは、いったいどういう感情なんだろうか？

「お前は、恋を知ってるのか？」

そう尋ねると、魔女はきょとんとしてから、

「世界に嫌われている私に、恋をするような相手が現れるはずがないでしょう」

と、当然のような口調で言った。

ひどく悲しい理屈だが、今の俺も同じような境遇だ。指摘はしかねる。

というか恋を知らないのなら、よくあんなに感動できるな。

「むしろ、貴方は恋を知らないの？　貴方なら選びたい放題だったのでは？」

英雄だったはずの貴方なら、と魔女は続ける。

確かに、旅の途中で貴族のパーティに招待されたことは何度かある。その時は今のうちに媚《こび》を売っておこうとでも思ったのか、煌《きら》びやかに着飾った美女が何人も寄ってきた。

ただ、それはあくまで利用価値のある俺に良い印象を与えておこうと考えているだけの

ことであって、恋なんて感情が挟まる隙もない打算によるものだった。

俺が誰かに恋をするようなことはなく、誰かが俺に恋をしたこともないだろう。

「……俺は、化け物だ」

ぴくり、と魔女が肩を揺らす。

「化け物に、『英雄』という縛りを与えて制御しているだけ。少なくとも、この国のお偉いさんはそう思っているだろう。民は、無邪気に俺を信じてくれたけどな」

俺は『魔女を殺すための兵器』であり、『民を救うための道具』だ。それを知っている者は俺を人間だと思っていない。だから、仲良く振る舞っていても表面上だけだ。

逆に、民は俺に期待を寄せていた。崇拝し、希望を託していた。だが、神に選ばれし英雄である俺に、近づこうとはしなかった。そんな不敬は許されないと考えていた。

どちらにしろ、俺の傍《そば》には誰も寄り付かない。それだけは確かな事実だった。

「……そう。誰にとっても遠い存在だったのね、貴方は」

そして今では、魔女と共に姿を消した大罪人だ。

民は期待を裏切った俺に石を投げ、国のお偉いさんは俺を殺しにかかっている。

今や世界中が俺の、俺たちの敵だ。恋なんて感情はこれまで以上に夢物語と化している。

魔女は薄く笑いながら、手元の葡萄酒《ぶどうしゅ》をくるりと軽く揺らした。

「笑いもしない貴方に、確かに人は寄り付かないでしょうね」

「構わないさ。俺はずっとひとりでいい。英雄に恋なんて似合わないだろう」

そう呟《つぶや》くと、魔女は「寂しい生き方ね」と肩をすくめて、微笑《ほほえ》んだ。

「だったら、仕方ないわね。せめて私が一緒に不幸になってあげましょう」

貴方が寂しくないように、と魔女は言った。

「私の幸せを拒んだ貴方には、ちょうどいい罰でしょう?」

確かに、魔女の願いを否定した俺には、罰が必要なのだろう。

教会を裏切り、世界を裏切った俺には、罰が必要なのだろう。

でも、そんな結末は認めない。

『……そうね。じゃあ、最後に聞いてもらえるかしら。何も残せないまま死んでいくのは少しだけ悲しいから、貴方の記憶に残しておいて。哀れな、魔女の物語を』

俺は、あんな悲劇を幸せと呼ぶこの女に、本当の幸せを教えると決めたんだ。

こいつが、普通の生活を手にできるように、誰かと温かい関係性を築けるように、憧れている恋を知ることができるように、いつか毎日を笑って過ごせる日が来るように。

そのためになら、俺は地獄に落ちても構わない。

だから、一緒に不幸になることはできない。不幸になるのは俺だけでいい。

心の中で、俺はそう誓った。

第一章　元英雄と元魔女の夏休み

「暑すぎる……」

茹《う》だるような熱気が、部屋の中を支配していた。

冷房が壊れて修理に出しているが、戻ってくるまであと二日かかるらしい。

とはいえ、扇風機だけで夏をやり過ごすには限界がある。そもそも熱風が吹き付けてくるだけでまったく涼しくならない。焼け石に水とはこのことだった。

期末テストをどうにか乗り越え、夏休みに入って一週間が経過していた。

部活をやっていない俺はバイトを詰め込んでいるが、それでも暇な時間は多い。

ただ、何をするにも暑すぎるので外に出る気にはなれなかった。まあ、冷房が壊れているから部屋の中でも死にかけているんですけどね。今年の夏は特に暑いらしい。

「この部屋は限界だな……」

のろのろと部屋を出て、リビングの冷房をつける。

最初からそうしろよという話だが、さっきまで部屋で寝ていたのだ。

「い、生き返る……」

久しぶりの冷たい風を浴びて、肌に張り付く汗が一気に冷えていく。

ああ、気持ちいい。こんな時はアイスを食うに限る。

冷蔵庫からアイスを取り出して、適当にテレビをつけると甲子園が放送中だった。九回裏のワンアウト二塁。三対二で迎えるは四番。激アツの場面だ。しゃりしゃりとアイスをかじりながら熱い戦いに興奮していた時、玄関のチャイムが鳴る。

「何だよ、いいところに」

学生は夏休みでも母は仕事中で、父は単身赴任で東京だ。

つまり家に俺しかいないので、出ないわけにはいかない。

玄関の扉を開けると、そこに立っていたのは見慣れた顔の美少女。

要するに、幼馴染《おさななじみ》の桐島比奈《きりしまひな》だった。

「やっほー。どうせ暇してるんでしょ？」

比奈は俺を見て、ひらひらと手を振った。

暑さのせいか、半袖シャツに短パンというラフな恰好《かっこう》。肌の見える面積が広く、強調されている胸とか、健康的な肉付きの太ももとかに思わず目がいってしまう。

思春期男子には毒なので目を逸《そ》らしながら、こほんと咳払《せきばら》いする。

「誰が暇人だ。こっちは甲子園で忙しいんだよ」

「いつ野球部に入ったの？」

「観戦だ観戦。今ちょうど激アツ展開だぞ」

「ふーん。護道《ごどう》、昔からスポーツ観戦好きだよね」

比奈はあまり興味なさそうに言う。

実際、スポーツ観戦は面白いだろ。極めた技術の競い合いだ。人同士が本気でぶつかっているのに、戦争と違って人が死なない。純粋な気持ちで戦いを楽しめるのだ。

などと比奈に力説したところで理解を得られる気がしないので、俺は話を逸らす。

「てか部活はどうした部活は？」

「今日は休みだよ。こんな暑い中、毎日もやってられないって」

比奈はぱたぱたと手で顔を扇《あお》ぎながら、勝手に家の中に入ってくる。

リビングのテレビに目をやると、すでに試合は終わっていた。

大事なとこ見逃したじゃねえか。

しかも四番、ホームラン打ったのかよ。

「じゃ、あたしはテレビ見てるから。早く準備してね？」

わが物顔でソファに座って、リモコンを操作しながら比奈は言う。

「準備って何の？　何をする気だ？」

「水着買いに行くわよ。あんただって、どうせ昔のやつしかないんでしょ？」

「水着……？」

なんで？　と首をひねると、比奈は呆《あき》れたように肩をすくめた。

「夏休み入る前に、みんなでプールに行く約束したじゃない。もう明日だからね？」

「ああ……そういえば」

すっかり忘れていたが、そういえばそんな約束もしていた。当初は海に行こうという話だったが、主にお金の問題からプールになったんだった。

確かメンバーはカラオケの時と同じで、俺、信二《しんじ》、比奈、優香《ゆうか》、椎名《しいな》だ。

自然と椎名が誘われていることに微笑《ほほえ》ましくなる。これが親心ってやつか？

「言われてみると、確かに水着買わないとだな」

古い水着はもう小さいし、学校指定のものを遊びで着るのも躊躇《ためら》われる。

「そうだと思って連れ出しに来たの。買い物付き合ってね！」

満面の笑みで比奈は言った。今日も元気そうで何よりだ。

適当なシャツとジーンズに着替えて準備を終えると、比奈にぐいぐいと背中を押される。

「さあ、時間は有限よ」

「そんなに焦らなくても水着は逃げないぞ」

「逃げるわよ新作水着は。人にどんどん買われて店頭から消えるの」

「じゃあ、人気のある新作なんて夏の初めにとっくになくなってるんじゃないのか？」

そういえば、比奈がこういう準備を前日にするのは珍しい。

少なくとも一週間前には準備も段取りも終えるしっかり者だと思っていたが。

「……去年買ったばかりの水着が、もうサイズ合わなかったのよ」

俺の思考を見透かしたのか、比奈はちょっと赤い顔でささやいてくる。

「え、そんなに身長伸びてないだ……」

と、そこまで言ってから、つい視線が比奈の胸に引き寄せられる。

どう考えても、それは去年より明らかに大きかった。

「どこ見てるわけ⁉」

「ちょ、理不尽な暴力⁉」

はたかれた頭をさする俺に対して、比奈は鼻を鳴らして先に家を出てしまう。

俺も大人しく靴を履いて外に出る。

「うわ、今日も猛暑だな」

涼しい冷房の世界は消え、一気に灼熱《しゃくねつ》の大気に晒《さら》される。

自堕落な俺は、普段こんな気温の時には家に再度戻ってしまう。

「たまには我慢しなさいよ」

「仕方ないな」

だけど比奈と一緒なら、別にいいかなと思った。

＊

連れ出された先は、地元のショッピングモールだ。

俺たちの家からは自転車で十分ぐらい。普段ならなんてことのない距離だが、このクソ暑い中では相当な体力を奪われる。出かける前は元気だった比奈も、道中はちょっと虚《うつ》ろな目をしていた。陸上部をここまで消耗させるほどの暑さ、ヤバいよこの世界……。

ショッピングモールの中に入ると、急に涼しくなって生き返った気分になる。

「水着を選ぶなら二階の服飾品コーナーか？」

「うん……でも、ちょっと休もうかな。喫茶店入ろうよ」

比奈の提案で、モール内の喫茶店で休むことに。

俺はアイスティーを頼み、比奈はパフェを頼んだ。

生クリームたっぷりのパフェがやってきて、比奈は目を輝かせて写真を撮る。

「美味《おい》しそー、めっちゃ映える！」

パシャパシャと連写の音が響く。そんなに撮って意味があるのだろうか。比奈はようやく満足したのかスマホを机に置くと、パフェをスプーンで食べ始める。

「美味しい！」

「昼飯も食ったんだろ？　そんなに食ったら太るぞ」

「甘いものは別腹なの！　それに陸上でカロリー消費してるから大丈夫よ」

「まあ、このクソ暑い中で陸上なんてやってたら痩せそうだな」

「いや、流石《さすが》に今日は特別暑いわよ……明日もこんなに暑いのかなぁ」

「お前は部活で慣れてるんじゃないのか？」

今日は休みとはいえ、基本的に陸上部は夏休みも毎日部活があったはずだ。

「この暑さには慣れないわね……この前なんか熱中症になりかけたし」

「大丈夫かよ？　外の部活は大変だな」

「体育館の部活も、熱気がこもりまくってそれはそれでキツいらしいけどね」

などと語る比奈は、最後に会った時よりも少し黒くなっている。

よく見ると二の腕には日焼けの境界線が見えて、ちょっと煽情的《せんじょうてき》に感じた。

「何？　じろじろ見ないでよ」

「いや、日焼けしてんなぁと思って」

「う、日焼け止めは塗ってるんだけどね……ちょっと日差しが強すぎて」

はぁ、と比奈はため息をつく。

そんな風に他愛もない話をしていると、ポケットに入っているスマホが震えた。

何かと思えば、椎名からＲＩＮＥが来ている。

『明日、プールの約束があるじゃない？』

まあ、そうだな。お前は俺と違って忘れたりはしないタイプだよな。

『遊び用の水着を持っていなくて……何にすればいいか、分からないのだけれど』

送られてきたのは、そんな文面だった。

要するに、一緒に選んでほしいってことか？

とりあえず次の言葉を待ってみたが、椎名からのＲＩＮＥはそれで終了だった。

相変わらず言葉の足りない女だな。

まあ目的は俺たちと同じだし、ちょうどいいか。

「どしたの？」

「比奈。ここに椎名呼んでもいいか？」

そう尋ねると、比奈は目を瞬《まばた》かせてから、尋ね返してくる。

「……どうして？」

「こいつも水着選びに困っているらしい」

と言いながら椎名から来たＲＩＮＥを見せる。

「あはは、うん、大丈夫だよ！」

比奈が笑って頷《うなず》いたので、俺は椎名を呼ぶことにした。

＊

椎名が現れたのは、俺のアイスティーが底をつく頃だった。

長い黒髪に、端整な顔立ち。相変わらず街を歩けば誰もが振り向くような容姿だが、おどおどと自信のなさそうな立ち振る舞いが雰囲気を台無しにしている。

身に纏《まと》っているのは、真っ白なワンピース。

前世の魔女には似合わないだろうが、今世の可愛《かわい》い容姿にはよく似合っていた。

「こ、こんにちは」

今日も今日とて猫を被《かぶ》っている椎名は、比奈に控えめな挨拶をする。俺にもしろよ。

「わ、今日も可愛いね麻衣《まい》ちゃん！　好き！」

そう言って比奈は椎名に抱き着く。

椎名は「わ、わ」と慌てたように手を彷徨《さまよ》わせてから困ったように俺を見た。

「うーん、いい匂い。やっぱ麻衣ちゃんはいいなぁ」

「匂いまで嗅ぐな。椎名が困ってるぞ」

「ふふん、可愛い女の子にセクハラしても許される女の子の特権です」

「昨今の風潮だとそんなこともなさそうだがな」

放っておいたらいつまでも抱き合っていそうなので、席から立ち上がる。

「おい、本題を片付けに行くぞ」

「はーい」

比奈は渋々といった調子で椎名から離れる。

その間に会計を済ませておく。比奈は驚いたように目を見張った。

「奢《おご》ってくれるの？　珍しく男前じゃん」

「珍しくは余計だ。お前が部活してる間、こっちはバイトで稼いでるんだよ」

「ごちになります！」

比奈は楽しそうに敬礼して、俺や椎名を置いて店を出る。

いや、置いていくなよ。そう思った時、ふと隣の椎名が口を開いた。

「……もしかして、お邪魔だったかしら」

一瞬何のことかと思い眉をひそめたが、言葉の意味を悟る。

俺と比奈がデート中だったとでも思っているのか。

「大丈夫だよ、勘違いするな。俺たちはただの幼馴染だからな」

そもそも俺たちが誘ったのだから、椎名が引け目を感じる理由はない。

「そう……そうよね。安心したわ」

なぜか椎名は、ちょっと嬉《うれ》しそうだった。

どういう意味で安心したんだ……？　と疑問に思った俺だが、単にお邪魔じゃないのなら安心した、という意味だろう。それ以外の意図なんてないに決まっている。

「桐島さん先に行っちゃうわよ。ほら、行きましょう？」

椎名は俺の服の裾を摑《つか》んで、引っ張ってくる。

その顔には微笑が浮かんでいた。

最近の椎名麻衣は、よく笑うようになった。

その笑みが妙に可愛く見える。……いやいや、気の迷いだな。落ち着け。

ただ、俺とは口喧嘩《くちげんか》ばかりだったこいつが、最近は普通に笑顔を向けてくれるから、物珍しく感じているだけ。ちょっと嬉しいとは思うけど、それだけだ。うん。

「どうしたの？」

小首を傾《かし》げる椎名に、なぜか返答の声が上ずってしまう。

「い、いや、何でもない。行くか」

平常心を保ちたい俺だが、どうしても気になることがある。

……あの、近くない？

隣を歩く椎名に尋ねようかと思ったが、上機嫌に鼻歌を歌う姿を見ていると、何も言えなくなってしまう。今日に限らず、椎名と友達になってから距離感には困っていた。

今まで俺と椎名は、喧嘩ばかりしている敵同士の関係だった。

何しろ前世で殺し合いをしていた、元英雄と元魔女だ。

いくら友達になったとはいえ、急に仲良くはなれない……と俺は思っていた。

だが、椎名にとっては違うらしい。

これまで普通の友達を作ったことがないから、普通の距離感を知らないんだろう。

そして初めての友達である俺に、全幅の信頼を置いている。

だから無自覚に距離が近い。不覚にも俺が、緊張してしまうぐらいに。

「ショッピングモールって、人がいっぱいいるのね」

「まあ夏休みだしな。このクソ暑い中じゃ外にいたくないんだろ」

腕同士が、たまに触れ合う。

ふわりと、甘い香りが鼻腔《びこう》をくすぐる。

椎名は比奈が言った通り、いい匂いがした。

こいつ、自分が女で俺が男だと本当に分かっているんだろうか？

でも、それを指摘したらまるで俺が椎名を意識しているみたいなのでやめておく。

「……ね、私、変じゃないかしら？」

椎名に尋ねられて、何の話かと思ったら服装のことらしい。

まあ前世のこいつなら絶対に着ないような服だからな。

だけど変どころか、とてもよく似合っている。

「大丈夫だろ。全然、変なんかじゃないさ」

「よかった。この前、新藤《しんどう》さんに選んでもらったんだけど、服はとっても可愛いのに私が着たら台無しにならないか心配だったの。でも、貴方《あなた》がそう言うなら大丈夫ね」

俺が大丈夫って言ったら大丈夫なのは、どういう理屈なんだ？

椎名はほっとしたように胸を撫《な》で下《お》ろしている。

まあ、最近は優香や比奈とも順調に仲良くなっているようで何よりだ。

「おーい、二人とも、遅いよ！」

前を歩く比奈が振り向いて呼びかけてきたので、歩くペースを上げる。

モール内の水着コーナーに到着したのは、その数分後のことだった。夏休みだからか人はそれなりにいるが、水着コーナー自体が広いのであまり気にはならない。

……というか、よく考えると女子と一緒に水着を選ぶってどんな状況だよ。

比奈は幼馴染だから気にならなかったが、椎名が一緒となると話が変わってくる。

まず目に入ったのは、際どいビキニを着ているマネキンだった。

そ、そうか。椎名たちがこういうのを着る可能性もあるのか……ごくり。

「流石に、そんな派手なのは着ないわよ」

唾を飲み込む俺に、何となく温度の低い比奈の声音が俺の耳に届く。

そっちに目をやると、比奈だけじゃなく椎名もじとっとした目線を俺に向けていた。

心なしか椎名の顔が赤い。

いやいや、前世のお前はこれぐらい派手な服装だったじゃないか。

「何の話か分からないが、俺は俺の水着を選ぶとするか」

棒読みで比奈たちの追及をかわした俺は、男性用の水着が並んでいるコーナーで、適当にシンプルなものを手に取る。グレーの単色にワンポイントの水着。これでいいかな。

正直、男の水着なんて大差ないだろう。無難なやつでいい。

後はサイズの問題だが、これは試着しなくても問題なさそうだ。

「それにするの？　悪くなさそうじゃん」

と、声をかけてきたのは比奈だった。

その手には、三、四着ほどの水着を持っている。

「お前は？　そのどれかにするのか？」

「うん。今から試着するから、選ぶの手伝ってね」

満面の笑みで比奈は言うが、正直男子高校生には刺激が強すぎるんじゃないか。

そうは思いつつも平然とした顔で頷く俺。なんか、邪《よこしま》な心に負けている気がする……。

一方、椎名はまだ水着を手に取りながらうんうんと唸《うな》っていた。

「こ、これ……流石に派手すぎないかしら」

「前世であんな服を着てたような女が何言ってんだ」

「ぜ、前世での価値観はまた別でしょう⁉　だいたい、水着なんてもう、下着みたいなものじゃない。前世で着ていた服と比較しても、露出度すごいわよ」

赤い顔で弁明する椎名。前世の服がとんでもないことは認めるんだ……。

「それに……前世と違って、あんまりスタイルに自信ないし」

「お前……まさか、スタイルに自信があるからあんなに体のライン出してたの？」

「そういうわけではないけれど！」

全力の否定だが、あんまり説得力はなかった。

なんかちょっと見る目変わっちゃうなぁ……と思っていた時、近くの試着室に入っていた比奈が顔を出した。それから、かしゃ、と音を鳴らしてカーテンが開いていく。

まず目に飛び込んできたのは、大きな胸を隠す白を基調とした布と、その間に深く刻まれた谷間だった。そこからウエストの部分がきゅっと細くなり、腰から下は同じく白を基調としたミニスカートのような形状の水着を穿《は》いている。いや俺、見すぎじゃない？

「結構いい感じじゃない？　どう？」

と、比奈が尋ねてきたので、「悪くないんじゃないか」と答えておく。

陸上部で鍛えた脚が引き締まっていて、太ももが程々に太いのもいいと思いました。

「……護道、貴方、何か変なことを考えている顔ね？」

「な、何のことかな」

久しぶりに椎名の冷たい声音を聞き、肝が冷えると共になんか安心する。

「椎名さん的には？」

「とっても可愛いと思います！」

「よかった。まあでも、せっかく持ってきたし、他のも一応着てみようかな」

そう言って、比奈はもう一度カーテンを閉める。

そのタイミングで、椎名が猫被りをやめて俺を睨《にら》んでくる。

「いやらしい目ね？」

「誤解だ。いや、仮に誤解じゃなくても許せよ。こちとら男子高校生だぞ」

「はぁ、貴方にもそういう情動があったのね。むしろ安心したわ」

「お前、俺を何だと思ってるんだ？」

小声で椎名と言い合っていると、再びカーテンが開く。

次に比奈が着ていたのは、ピンク色のワンピース型の水着だった。

「ちょっと子供っぽいかな？」

「それもいいと思いますけれど……」

椎名はそう答えるが、確かにちょっと子供っぽいかもしれない。

でも、普段は綺麗《きれい》めのファッションにまとめている比奈が、こういう可愛い系の水着を着ているのは何というか新鮮味があるし、ギャップもあってより可愛く見える。

「あたしが昔着てたやつに似てない？」

比奈がそう尋ねてくる。

「ああ、小学校の頃だっけ？」

「うん。何度かプールに行ったけど、こんな感じの水着だったでしょ？」

「正直な話をすると、水着まで覚えてない」

「あはは、あんたらしいね。まあ何年前の話だよって気もするけど」

からからと笑う比奈。

正直、昔の記憶は結構忘れがちだ。

前世の記憶の密度の濃さに、押しやられてしまっている感じがある。

「……桐島さんと護道は、幼馴染なんですよね？」

「腐れ縁だけどね。一応、幼稚園から高校までずっと一緒だよ。ね？」

「まあ、そうだな」

ずっと群馬住みなので昔からの友達は珍しくないけど、幼稚園から高校まで一緒なのは比奈しかいない。もう比奈のいない生活は想像できないな。

「幼稚園からずっと、こんな男と一緒なんて……苦労しますよね？」

「分かってくれる。本当に、厄介な男だよねー。頭は固いわ、運動しか取り柄がないわ」

「ええ、そのくせ、謎に偉そうで、自分が正しいと思ってるタイプの馬鹿で」

「あの……本人ここにいるんだけど……え、本当に友達？」

ちょっと俺が疑問に思ったところで、椎名と比奈は俺を見て笑い合った。

いや、そんなところで意気投合されても困るんだけど。

俺の自己肯定感を犠牲にした二人はさっき着た水着の感想を語り合っている。

比奈は少し悩んでから、

「うーん……最初のやつでいいかな。残りの二着は、まあいいや」

着替えるの面倒になってきたし、と言いながら、再び試着室のカーテンを閉めた。

まあ実際、俺も最初の水着がいちばんいいと思う。

「お前は？　何にするか決めたのか？」

尋ねると、椎名は控えめに頷き、一着の水着を見せてきた。

それは赤を基調としたフリルつきビキニで、なかなか派手に見える。これを黒髪で正統派な感じの椎名が着ているところを想像すると、なんか……とてもいいと思います。

「ど、どう思う？」

「悪くないんじゃないか？　見てみないと分からないが」

「……見たいの？」

椎名が上目遣いで尋ねてくるので、慌てて首を振って否定した。

「いや別に見たいとは言ってないが」

「……じゃあ、見たくないのね」

と、椎名は若干気落ちした様子で呟《つぶや》く。どう答えるのが正解なんだよ！

「いいのよ。今の私の貧相な体なんて見るに耐えないことぐらい分かっているから……」

ふふふ、と椎名は暗い笑みを浮かべる。

思った以上に前世とのスタイル格差を気にしているらしい。

あれか。人は失ってから大切だったものに気づくとか、そういうやつか？

椎名はため息をついて、ぽつりと呟いた。

「やっぱりプールはやめておいたほうがよかったかしら……泳げないし」

「泳げないのか？」

尋ね返すと、椎名はぷいっと顔を背けたまま頷く。いやまあ、予想はしてたけど。

「ぜ、前世で、泳ぐような状況なんてなかったじゃない……」

「そうかもしれんが、そもそも今世でプールの授業ぐらいあっただろ？」

「……それは、体調不良で休んでいたわ。怖かったから」

仮にも災厄の魔女と呼ばれていた女が、プールは怖いと言うのか。

「わ、笑わないでくれる⁉」

「いや、まだ笑ってないだろ！」

「まだって、笑おうとしてたんじゃない……」

ちょっとした失言を突いてくる椎名。それぐらいスルーしてくれよ。

「別に泳げなくてもいいじゃない。今の私は魔女じゃなくて、ただの高校生よ」

「泳げない高校生ってそんなにいるのか？」

純粋な疑問を呟くと、椎名にばしばしと背中を叩《たた》かれる。痛い痛い痛い。

まあ椎名が運動音痴なことはよく知っている。

「普段休むぐらいなら、なんで今回は行く気になったんだ？」

泳げないのにプールに行っても、正直あまり面白いとは思えない。

「……せっかく、こんな私を誘ってくれたのに、断るなんて、申し訳ないわ」

「友達なんだ。苦手なことを断ったぐらいで、みんな気にしないさ」

「嫌」

「嫌なの⁉」

子供みたいな駄々のこね方だった。

苦手なのに無理をするつもりなら、止めようと思っただけなんだが。

「……私も、貴方と一緒に遊びたい。仲間外れは嫌よ」

……俺は、二の句を継げなくなる。

そんなことを言われるとは思わなくて、返しがとっさには思いつかなかった。

椎名は俯《うつむ》いたままで表情は見えないが、その耳は赤くなっている。

「そ、そうか……なら、いいけど」

何というか、急にその態度はやめてほしい。ずるい。

いたたまれない空気が俺たちの間を漂い、沈黙がやけに長く感じる。

今すぐ逃げ出したい……と思っていた時、比奈が試着室から出てきた。

「どうしたの？　二人とも。変な顔して」

「い、いや何でもない」

小首を傾げる比奈にそう返しつつ、俯いたままの椎名の背中を押す。

「ほら、お前も試着するんだろ？」

顔を上げた椎名はこくりと頷いて、大人しく試着室に入った。

……別におかしなやり取りじゃない。でも、椎名が素直に頷いてくれると、拍子抜けというか、何とも言えない気持ちになる。常に噛《か》みついてきた頃の椎名が懐かしい。

「……最近、仲良さそうね？」

比奈が、ささやくように言った。どこか硬質な声音だった。

「そう、なのか？」

どうだろう。友達になってから、むしろ距離感には困っているから。

敵同士だった時のほうが、コミュニケーションはスムーズだったように感じる。

「麻衣ちゃん、あんたにすごい懐いてるじゃない」

「懐いてる……？　そんなことは」

否定しようとしたが、冷静に考えると心当たりは割とあった。

実際、心を許してくれてはいるのだろう。俺が戸惑っているだけで。

「麻衣ちゃん、ちょっと前まではあんたにだけは喧嘩腰だったじゃない。それはそれで仲良さそうだったけど。今はとっても素直になってる。あんた、何かやったわけ？」

「まるで俺が悪いことでもしたかのような問い詰め方だな」

「冗談はいいから」

「……まあ一応、友達になったからじゃないか？」

というか、それしかないだろう。

俺は強引に、あいつが閉じこもっている殻を破った。

友達になって、苦しんでいるあいつを助けて、幸せにすると約束した。

椎名の態度が和らいだのは、明らかにその後だ。

「……本当に、それだけかしら？」

「どういう意味だ？」

意図が読めない比奈の言葉に尋ね返すと、彼女は緩く首を振った。

「……ううん、何でもないわ。護道には秘密」

何だよ。気になるから言えよ。

そう思ったものの、口には出さなかった。

その時の比奈はどこか遠くを見ていて、真剣な口調で話していたから。

「あ、あの、一応着替えたのだけれど……」

ひょっこりと、カーテンの隙間から椎名が顔を出す。

比奈がきらりと目を輝かせる。

「見せて見せて！」

「いや、その、あ、ちょっと、待って⁉」

比奈はカーテンを開け、恥ずかしがる椎名を強引に曝《さら》け出《だ》す。

……比奈に比べると小さいものの、確かに女性らしい曲線を描く胸と、華奢《きゃしゃ》な脚。

深い赤のフリルつきビキニが局部を覆っているが、何とも艶《なま》めかしく感じる。

椎名は俺の視線から逃れるように、胸と股の部分を両手で隠していた。

その仕草があまりにも可愛らしいので、見ていられなくなって俺は目を逸らす。

こんなの直視できるか！　こちとら思春期男子だぞ！

「み、見ないでくれる⁉」

言われるまでもなく、すでに視線は逸らしていた。

それにしても一緒に水着を選びに来ておいて、理不尽な要求じゃないか？

「麻衣ちゃん、恥ずかしがらないでよー。すっごく可愛いじゃん！」

ししし、と比奈は笑いながら椎名とじゃれ合っている。

まあ俺は視線を逸らしているから、その光景は想像でしか分からないけども。

「ほらほら～、ここが弱いの～？」

「あ、ちょ、変なところ触らないで……あっ」

いや、マジで何してるの？

ここショッピングモールの水着コーナーだけど？

突っ込むために振り向くか否か葛藤している間に、じゃれ合いは終わったらしい。

どうやらサイズもピッタリで、この水着に決めたようだ。

「護道は見なくていいの？」

「椎名が見ないでって言ってるだろ」

「そんなの照れ隠しだよ！　ほら、ちゃんと見て！　可愛いって言ってあげて！」

比奈に肩を摑まれ、強制的に前を向かされる俺。

急に目が合った椎名はわたわたと慌てたものの、やがて手を後ろで結んだ。

俯き気味に目を逸らして赤面する椎名は、それでも水着を着た自分を俺に見せてくる。

その椎名らしくない姿から、俺は目を離せなくなってしまった。

「……何か、言いなさいよ」

「……か、可愛いと、俺は思う」

「……そ、そう。じゃあ私、着替えるから」

しゃっ、とカーテンが閉まる。どきどきと心臓の音がうるさかった。何だこれ。

今すぐにでも帰りたいような、でもずっとここにいたいような複雑な衝動に駆られる。

……いや待て、いったん落ち着こう。

俺はゆっくりと息を吐いて、冷静さを取り戻す。

戦場において、感情を一定化させるのは必要な技術だ。

俺は深呼吸ひとつで、平常心を取り戻せるように鍛えてきた。

高鳴っていた鼓動が、落ち着きを取り戻していく。

……冷静になったらなったで、むしろ恥ずかしくなってきた。

俺たちはショッピングモールの水着コーナーでいったい何をやっているんだ？

ちょうど周辺に人がいなかったからいいものの、もし見られていたら恥ずかしいどころの話じゃない。それに、俺はあの椎名に「可愛い」と言ったのか？　……死にたい。

ため息をついてから横に目をやると、比奈がじっと俺の顔を見ていた。

「な、なんだよ？」

「んーん。何でもなーい！」

比奈はそう言って、くるりと背を向ける。

そのまま俺から離れていった。水着を手にしているし、レジに向かうのだろう。

一方、試着室から出てきた椎名は「……これにするから」と、か細い声音で呟いた。

なぜか目を合わせられないので、俺はそっぽを向いたまま「そうか」と頷く。

「貴方は、試着しなくていいの？」

「まあ大丈夫だろ。そんなサイズ感ミスるような水着じゃないし」

女は胸のサイズとかいろいろあるのかもしれないが、男の場合は単なる短パンだからな。

ふうん、と椎名は言ってから「……私だけ見られるのは、不公平ね」と呟いた。

「……まあ、どうせ明日見ることになるだろ？」

「それもそうね。不特定多数に見られると考えたら、ちょっと気が滅入《めい》るわ」

「……それが嫌なら、やめとくのも手だぞ」

俺としても、何となく椎名の水着姿をあまり人に見せたくはなかった。

「いえ、大丈夫よ。最初に、貴方に見てもらえたから」

俺たちは並んでレジに向かいながら、そんな会話をする。

……ど、どういう意味？　と思ったけど聞きかねた。

最近、思ったことが口に出せなくて困っている。

前までの椎名が相手なら、適当に悪態をついているだけでよかったのに。

友達ってこんなに難しいものだったっけ？

内心で困惑している間に、会計は終わっていた。

「おーい、こっちこっち！」

先に支払いをすませて待っていた比奈が手を振ってくる。

「ちょっと服見よ！」

本題は果たしたのに、まだ付き合わされるらしい。

その日は、椎名が比奈の着せ替え人形にされまくっていた。

やがて椎名がへろへろになったタイミングで解散した。

＊

その翌日。

みんなで約束したプールの日だ。

地元にも自転車で五分程度のところに温水プールはあるが、今日は気合を入れて県内で最も有名な大型プール施設に向かうらしい。だいたい電車で三十分ぐらいだろうか。

だから、とりあえず俺たちは前橋駅に九時集合としていた。

夏休み中のズレまくっている生活リズムだと、九時集合は若干キツい。でも勝手に家の中に入ってきた比奈に叩き起こされたので問題はなかった。いや、痛いんだけど。

比奈に急《せ》かされながらも準備して、駅まで徒歩で向かう。

「ちょっと早すぎたか？」

到着しても、まだ誰もいないようだった。

これならもうちょっと寝ていてもよかったのに。

「あんたみたいな遅刻魔にならないためには、早すぎるぐらいでちょうどいいの」

比奈はそう煽《あお》ってくるが、これまでの実績（？）があるので反論はできない。

相変わらず県庁所在地とは思えない閑散とした雰囲気の駅だが、奇跡的にマックが存在するので、比奈と二人のんびり朝飯を食べながら、みんなを待つ。

まず現れたのは優香だった。

いつものように黒髪のサイドテール。おっとりとした印象を与える優しげな顔立ち。服装は半袖のTシャツに黒髪のロングスカートとシンプルだが、細部にセンスを感じる。

「おはよー。護道は結構久しぶりかな？」

「学校の最終日以来だな。比奈とは会ってたのか？」

「うん。買い物のたびに呼び出されてたよ。護道も一緒に来ればよかったのに」

「比奈が俺を誘ってないなら、たぶんバイトだったんだろ」

「それもあるけど、あんた、あたしと買い物してると帰りたそうにするじゃない」

「だって流石に長いんだもん……」

比奈に買い物に連れ回されたのは一度や二度じゃないが、非常に疲れるのだ。女は買い物が長いというのは母さんから学んでいたつもりだったが、比奈はそれより長い。

などと、かつてのことを思い出して辟易《へきえき》としている間に、信二も到着したらしい。

RINEに『どこいんだ？』とメッセージがあったので、『マック』と返しておく。熊が蝶《ちょう》を追いかけてふらふらしている様子のスタンプが返ってきた。どういう感情？

そういえば、と思ってコーヒーを飲んでいる優香に尋ねる。

「優香は信二と一緒じゃなかったのか」

「そんな、いつでも一緒にいるみたいに言わないでよ」

ちょっと不満そうに優香は唇を尖《とが》らせる。

信二が俺たちが座っている席のもとにやってきたのは、ちょうどその時だった。

「実際さっきまで一緒にいたじゃねえか。お前が一緒に来たって思われたくないって言うから仕方なくトイレに寄って、お前に先に行ってもらったんだろ」

「し、信二！」

優香は顔を赤くして信二の口を物理的に塞ごうとする。が、信二は上手《うま》いこと受け流して席に座り、優香をその隣に座らせた。優香は複雑そうに頬を膨らませている。

「お前な、それ言っちゃ駄目だろ」

いつも穏やかで落ち着いている優香がこんなに動揺するのはなかなか見ないぞ。

「いや黙ってる気だったけど、ちょうどそんな話だったろ」

肩をすくめる信二。相変わらず軽薄そうな薄い笑みが似合う男だった。

身に纏っているのは水色を基調とした爽やかな半袖Tシャツに、黒のワイドパンツ。銀色のネックレスを首にかけ、手首には腕時計。足元は涼しそうなサンダルだった。

いかにも今風でお洒落《しゃれ》なファッションだ。俺との格差が歴然だからやめてほしい。

「ふふ、相変わらず仲良しね」

「違うから！　こいつが遅れそうだから念のため回収しておいただけ！」

「はいはい」

弁明する優香を比奈が受け流している。

「……だ、そうだが？」

その光景を指差しながら、隣の男に尋ねる。

「同じく遅刻魔のお前に言われたくはねえな。どうせ同じ立場だろ」

「お前ほどじゃねえよ。現に、今日は十五分前だ」

「比奈に連れ出された結果だろ」

違いなかった。とはいえ、信二ほどじゃないという自信は実際あるぞ！

「どんぐりの背比べだね」

じとっとした目で俺たちを眺める優香が呟いた。

そんなこんなで、朝っぱらから前橋駅のマックに集結する男女四人。

朝マックをもそもそと食べる比奈が、「後は麻衣ちゃんだけだね」と言う。

時計を見ると、すでに九時を回っていた。あいつが遅刻なんて珍しいな。この手の集まりだと一時間前からすでに待っているような女なんだが。何かあったのか？

「ちょっと連絡してみるか」

そう言ってスマホを開いたタイミングで、椎名から電話がかかってきた。

『ごめんなさい！　もうすぐ着く……と思うのだけれど』

はぁはぁと荒い吐息が電話越しに聞こえてくる。走っていたのだろう。

「了解。何かあったのか？」

あの椎名が遅刻するなんて、よほどのことがあったのかもしれない。

『その……ちょっと、迷ってしまって……』

そんな俺の深刻な予想を覆すような返答に、思わずずっこけそうになった。

「ええ……」

そういえば前世から方向音痴だったな……。

『し、仕方ないじゃない。電車なんてほとんど使ったことないのだから』

椎名が言い訳のような反論をしている。

電車に乗らないから、駅まで向かったこともないってことか。

確かに椎名は七月からの転入生だし、この辺りの土地勘はまだないのか。

「まあ分かった。とにかく駅の中のマックにいるから」

納得できなくもない理屈だが、今日も今日とてポンコツなことだけは確かだった。

それから数分ほどして、マックを出た俺たちは店の入り口で椎名と合流する。

椎名は、長い黒髪をポニーテールにまとめて、白いブラウスに黒のショートパンツ。私服は昨日も見たが、髪型を変えたのは初めて見たから新鮮だ。なんでこいつ、こんなにお洒落なの？　そこはポンコツを発揮しないのがなんかムカつくな……。

「わ、麻衣ちゃんポニテだ！　めっちゃ可愛い！」

遅刻したことを平謝りする椎名に、比奈は目をきらきらさせながら抱き着く。

「遅れたって言っても三分ぐらいだし、全然大丈夫だよ」

「あ、ありがとうございます」

優香はいつも通り落ち着いた口調で微笑みかけ、椎名はほっと息を吐いた。

「それじゃ、行こっか！」

先導する優香に、俺たちはついていく。

正直細かいルートは知らないが、その辺りは優香と比奈が調べているだろう。

学生は夏休みとはいえ、社会人は仕事。通勤時間帯を過ぎたせいか、電車の中はそれなりに空いている。俺たちは並んで座り、左端の俺の右隣にいるのは椎名だった。

……だから、何で椎名はちょっと俺のほうに近いの？　腕当たってるんだけどな。

椎名を挟んで反対側の信二から呆れたような目線が飛んできている。まあ、椎名が明らかに俺のほうに寄って座っているからな。信二からしたら避けられている気分だろう。

「き、緊張してきたわ……」

俺の耳元で、椎名がささやいてくる。

「どこに緊張する要素があるんだ？」

何なら今まさにお前のせいで俺が緊張しているんだが？

「友達とプールなんて、初めてだから」

「別にプールに限らず、友達との遊びは何でも初めてだろ」

からかうように言うと、椎名は反論してくる。

「だって休日に電車に乗ってプールまで行くのよ？　カラオケの時とは違うじゃない」

学校が終わった後にカラオケに寄ったあの時とは違って、休日にガッツリ遊ぶのは内容の重さが違うという話か。言わんとすることは分からんでもない。

「な、何をすればいいのかしら」

「プールなんて、適当に泳いでれば割と楽しいぞ」

そう言ってから、昨日椎名が泳げないと言っていたことを思い出す。

「……泳ぎは、教えてくれるのよね？」

椎名が不安そうな顔で見つめてくるので、顔を逸らした。

「まあ……できる範囲でなら、な」

椎名の運動神経を考えると、今日いきなり泳げるようになるのは難しいだろう。

それでも浮き輪は持ってきているし、楽しむことはできると思う。

「でも、比奈や優香に教えてもらったほうがいいんじゃないか？」

そう尋ねると、椎名はきょとんとした調子で小首を傾げる。

「……どうして？」

「いや、どうしてって……」

泳ぎを教えるとなると、体に触ったりすることになりかねないし……。

俺が言葉を濁した意味が分かったのか、椎名の顔がみるみるうちに赤くなっていく。

「……別に、貴方なら、構わないわ」

椎名は俯いたまま、そんな風に呟いた。

…………。

いや、どういうこと⁉

何に対して構わないって言ってるの⁉

最近は俺ばかりが動揺して、椎名の意図が読めない。本当に調子が狂うんだよな。

「……」

「……」

そして、沈黙。

何とも言いがたい気まずい空気が、俺たちの間に漂っている。

目を彷徨《さまよ》わせると、正面にはただの空席。椎名を挟んで隣の信二はスマホゲームに熱中していて、その奥の比奈と優香はパンフレットを見ながらスケジュールを確認している。

椎名越しに話しかけられる雰囲気でもなかった。

どうすればいいんだこの空気を！

そんな風に荒ぶる俺の内心など露知らず、椎名は笑いかけてきた。

「楽しみね、プール」

「……ああ、そうだな」

毒気を抜かれて、俺は苦笑する。

ただ、嬉しかった。あの魔女が、椎名麻衣が、そんな風に、何の憂いもなさそうな笑みを浮かべている。その笑顔の一因となれたのなら、それだけで俺は十分だった。

＊

三十分ほどの移動時間を経て、俺たちは目的のプールに到達した。

桐生市《きりゅうし》にある関東最大級の温水プール施設。俺も家族と一度来たことはあるが、一日遊びつくすには十分の広さだ。ただ、夏休み中だからか、かなり人が集まっている。

「うひゃー、めっちゃ混んでるねー」

苦笑する比奈に、信二がぱたぱたと手で扇ぎながら言う。

「早く入ろうぜ。太陽の下はもう限界だ」

「間違いない」

燦々《さんさん》と輝く太陽が俺たちの気力を奪っていく。

「屋内プールで助かったぜ。外にいたら死んじまう」

「信二はだらしないなぁ。もっと背筋ピシってしてよ」

「こんな熱気じゃ背筋ふにゃふにゃにもなるさ」

などと言い合う信二と優香を眺めつつ、俺は椎名の様子に目をやる。

「ひ、ひと……人が、いっぱい……」

椎名は目を回していた。熱中症というより、単純に人酔いしていそうだな。

「大丈夫か？」

「普段、あまり人がいるところには来ないから……」

と、言いながら椎名は俺の服の袖を摑んでくる。普通の女子がやってきたらあざといと思う仕草だが、こいつにそんな意図がないことはよく分かっているのでぐっと堪える。

「まあこんなに混んでるのも入場口だけだろ。中は広いからな」

そう説明すると、椎名はこくんと頷く。

俺たちはチケットを買って施設に入場すると、まず更衣室に向かった。

もちろん男女別なので、俺と一緒にいるのは信二だけだ。

「楽しみだな」

「何が？」

「言わなくても分かってんだろ？　ええ、おい」

信二が肩を小突いてくる。

もちろん女子勢の水着の話だろう。まあ比奈と椎名に関しては昨日見たんだけど。

それでも若干ソワソワしてしまうのは許してほしいところだった。

「やっぱ夏と言えば水着だろ」

「海かプールって言えよ。水着だと生々しすぎる」

着替えながら答えると、信二は「分かってねえなぁ」と肩をすくめた。

「究極、水着さえ見れたら泳げなくったっていいだろ？」

「いやいや、流石にそこまでじゃねえよ」

「かーっ、こいつはそれでも男子高校生か？　性欲あんのか？」

「お前こそ、女の体なんて見慣れてんじゃないのか。わざわざ水着じゃなくても」

「バッカお前、同級生の水着ってシチュがいいんだろうが！」

くどくどと語りだした信二を無視して、着替え終えた俺は更衣室を出る。

先に女子勢と合流しておくことで余計なことを語らせないという高度な戦略だ。

施設内は、思っていた通り入場口ほど混んではいなかった。

この程度なら、椎名も人酔いせずに楽しめそうだ。ちょっとほっとする。

「おいおい、置いてくなって」

女子勢より先に信二に追い付かれて、高度な戦略の失敗を悟る。

まあ余計なお喋《しゃべ》りをしていたとはいえ、男子のほうが女子より着替えが早いのは当然か。

「お、美人さん発見。あそこにも！　あっちにはビキニのお姉さん……！」

「あんまりきょろきょろすんなよ」

どう見ても変質者でしかない信二だった。

「うわぁ……」

という引き気味の声音が後ろから聞こえて振り返ると、そこにいたのは水着姿の女子勢三人。優香は信二を嫌そうな目で見ていて、比奈は苦笑し、椎名は緊張していた。

「連れてくるんじゃなかったかも」

と、語るのは優香。黒のビキニで、意外にも三人の中で最も露出度が高い。ちょうどビキニのお姉さんの話をしていたせいか、複雑そうな顔で体をよじらせている。

「でも、その水着って信二に選んでもらったんでしょ？」

小首を傾げる比奈。優香は一気に顔を赤くして反論する。

「余計なことは言わない……！」

「あ、ちょっと、くすぐらないでってば！　あはは！」

優香に脇腹をくすぐられた比奈が大笑いしながら逃げようとする。

……うーん、なかなかいい光景だ。比奈の大きな胸がゆさゆさと揺れる揺れる。

「てかあの水着、お前が選んだのかよ」

「いいだろ。可愛いし、何より肌がよく見える」

「うわぁ……でも、プールじゃ他の人にも見られることになるぞ？」

いいのか？　という意味を込めて問うと、信二は少し考えてから答えた。

「水着までなら許してやろう」

「……なんで、あなたが勝手に許可してるわけ？」

じろりと信二を睨みながらも、ちょっと満更でもなさそうな優香だった。

そういえば椎名はずっと黙っているなと思って目をやると、なぜか水着の上から自分の胸を触っていた。……いや、何してんの⁉

「し、椎名？」

俺が声をかけると、はっとしたような顔で手をしゅぱっと引っ込める。

「な、何でもないわ！」

「いや、今、自分の胸を……」

「ほ、本当に何もしてないから！　ただ、ちょっと、羨ましいなって……」

小声で言いながら、椎名はいまだにじゃれ合っている比奈と優香に目を向ける。

なるほど、胸のサイズの話か。確かに壁も同然な椎名に比べると、比奈は規格外だし優香もそれなりだ。前世の体なら張り合えたんだろうが、過去の栄光だからな。

「……やっぱり、男の子って、大きいほうが好きなのかしら？」

上目遣いで尋ねてくる椎名。だから、なんかあざといって！

「ま、まあ……一般的にはそうじゃないか？」

まともに椎名の顔を見ていられなくて、俺はそっぽを向きながら答える。

「そう……」

しゅんとした顔で椎名は言った。

だから、

「でも……俺は、こだわりないな。小さいのも、それはそれで魅力あると思う」

自然に言葉が続いた。いや、俺たち何の話してるの？　頼むから勘弁してほしい。

「本当に？」

椎名はじっと俺の顔を見ているのだろう。

俺は全力で顔を逸らしているというのに、強い視線を感じた。

「何で確認してくるの？」

「だって、私のほうを見てくれないから……」

仕方ないので椎名と目を合わせる。

今日も、椎名は思わず見惚《みと》れそうになるぐらい綺麗だった。

いや、俺がそう思ってるとかじゃなくて、客観的に見て綺麗だよねっていう話だ。

「これでいいのか？」

問いかけると、椎名は頷いた。

「そうね。最近、あんまり目を合わせてくれなかったから」

ふふっ、と椎名は嬉しそうに笑う。心当たりがあるので何も言えなかった。

「いつまでも立ち話してちゃもったいないし、遊ぼっか！」

比奈とのじゃれ合いを終えた優香が言った。

どうやら俺と椎名の恥ずかしいやり取りは聞こえなかったらしい。助かった。

……まあ信二は呆れたような顔でこっちを見ているけど、気づかなかったことにする。


とりあえず俺たちは端にレジャーシートを敷いて居場所を確保した。

その辺りの用意は優香と比奈が抜かりなくやっている。荷物をシートの上に置いて一息ついたタイミングで、元気に満ち溢《あふ》れた比奈が右手を空に突き出しながら言った。

「流れるプールに行くぞー！」

おー、とみんなもノリに合わせて手を挙げる。椎名もちょこっと挙げていた。

椎名のためにも浮き輪を抱えて、俺たちは流れるプールに向かう。

「流れるプールって何かしら？」

「んー、ドーナツ形に、水の流れを作ってる感じのプールだな」

詳しい仕組みは知らないが、だいたいそんな感じで合っているだろう。

「そこで泳ぐの？」

「まあそうだな。流れがあるから、浮いてるだけでも結構気持ちいいぞ。足がつく深さだから溺れる心配もいらないし、それでも怖いなら浮き輪に摑まっておくといい」

「わ、分かったわ」

椎名は胸の前で握り拳を作る。

そんなに気合を入れるようなもんじゃないと思うが。

一方、比奈と優香はきゃーきゃー言いながら水の中に飛び込んでいった。信二はその後に続いてから、ドーナツ状の浮き輪に座る形でのんびり流されている。

椎名はおそるおそる水の中に入ろうとしてから、縋《すが》るような目で俺を見てきた。

「さっさと入らないと比奈たちがどんどん先に行っちゃうぞ」

「そ、そうよね。大丈夫。大丈夫よ」

声が震えているが、本当に大丈夫なんだろうか。

俺は先に水に入ってから、椎名に手を伸ばす。椎名は俺の手を握ると、足からゆっくりと水の中に入れていった。まったく、相変わらず手のかかる女だな。

そう嘆息した俺の右腕に、ふにょんと柔らかい感触。一気に心臓が高鳴る。

「ちょ⁉　馬鹿お前！　何で俺に縋りつく⁉」

「だ、だって、怖いじゃない⁉」

「落ち着け！　足つく深さだって、さっき言ったろ！」

そう説明すると、椎名も自分の足が底についていることに気づいたのか、恥ずかしそうな顔ですすっと俺から離れた。周りの生暖かい視線がだいぶ痛い。

「ほら、浮き輪もあるぞ」

そう言って椎名の頭から浮き輪を通すと、きょとんとした顔で椎名は浮き輪に両腕を乗せる。椎名の両足が底から離れ、水の流れに乗った。

「わわ、流されるわ」

「しばらく素直に流されとけ。水に慣れるためにもな」

俺は椎名の浮き輪に手をかけ、周囲の人に当たらないように方向を微調整しながら隣を歩く。しばらく緊張した様子の椎名だったが、段々と表情が緩んできた。

「気持ちいいわね、これ」

「そうかい。俺はすでに疲れたよ」

そう肩をすくめると、椎名は申し訳なさそうな顔で謝ってくる。

「ごめんなさい。迷惑かけてしまって」

……だから、そこで謝られると調子が狂うんだよな。

強気に言い返してくれないと、ただ俺が椎名を責めていることになってしまう。

「気にすんなよ。友達なんだろ？」

尋ねると、椎名はぱぁっと花が咲くように笑った。

「ありがとう」

ちょうどそのタイミングで、急に正面の水中からざばっと人が姿を見せる。

「ぷはっ、やっほー。そっちは平和ね？」

ゴーグルをしていたが、そのスタイルだけで比奈だと分かる。

「お前が元気すぎるんだろ。見ろ、信二なんてずっと天井見てるぞ」

指差した方向では、浮き輪に乗りっぱなしの信二がぽけーっと天井を見ていた。いや、あいつはあいつで何をしているんだって感じだけど。究極のマイペースだからな。

「麻衣ちゃんも楽しんでる？」

「はい。楽しいです。最初はちょっと怖かったけれど」

きょとんとした比奈に補足説明する。

「こいつ、泳げないんだよ」

「えっ⁉　そうなの⁉　苦手なら無理しなくてもよかったのに！」

「いえ、克服したかったですし……私も、みんなと一緒に遊びたかったので」

そんな風に語る椎名に感動したのか、比奈は瞳をうるっとさせてから、

「麻衣ちゃん！　好きだよ！」

と浮き輪越しに椎名に抱きつく。

ばしゃ、と大きな飛沫《しぶき》が舞う。

浮き輪が反転して、水中から椎名と比奈が同時に顔を出してきた。

「おい、椎名が溺れるからやめとけ」

そう比奈に注意するも、全然聞いていない。

比奈と椎名は顔を見合わせてから、大きな声で笑い合った。どういうノリなの？

こうしていると椎名も、等身大の女子高生にしか見えないな。

「こら！　ちゃんと遊びなさーい！」

「何してんだお前⁉　ひっくり返るって――うおおっ⁉」

一方、前方では浮き輪に乗りっぱなしの信二を優香が強引に引きずり下ろしていた。

ばしゃんと大きな水飛沫が舞い、優香が俺たちにピースしてくる。

その後ろからぬっと信二が現れ、優香の肩を摑んで水中に引きずり込んだ。再び派手に

水飛沫が舞い、比奈が大きな声で笑う。椎名も肩を揺らして笑っていた。

楽しそうで何よりだ。

……それにしてもあの二人は、ボディタッチに抵抗がないんだな。ほぼ抱き合っているような恰好で喧嘩している信二と優香を見ながら、ちょっと羨ましく思う。

椎名に触れられるたび、いちいち緊張している俺とは大違いだった。

「ね、あたしそろそろウォータースライダー乗りたい！」

比奈の言葉で、いったん俺たちは流れるプールを出る。比奈と優香はテンション高めのままウォータースライダーのほうに向かっていったが、俺は椎名に目をやる。

「ああいうのはちょっと……流石にやめておくわ」

「まあ、泳げないやつには難易度高いな」

「元々、ジェットコースターとか、ああいうのは苦手なのよ」

「前世で箒《ほうき》に乗って空飛んでたやつが何言ってんだ？」

別に高所恐怖症ってわけでもないだろうに。そう言うと、椎名は唇を尖らせる。

「自分の意思で操れるものと、そうじゃないものは違うでしょう」

そうなのか……。

分かるような分からないような理屈だな。

「それに、ちょっと疲れたわ」

「んじゃ、比奈たちが戻ってくるまで休んでおくか」

「ええ。その前に、ちょっとお手洗いに寄らせてもらうわ」

椎名がそう言ってトイレに向かったので、俺はレジャーシートに座って一休みする。

すると缶コーヒーを両手に持った信二が近づいてきて、片方を放ってきた。

「お前はウォータースライダー乗らないのかよ」

ぱしっと缶コーヒーを受け取り、プルタブを開ける。

「ま、気分だな」

信二はそう言って俺の隣に座り、バスタオルで髪を拭く。

「お前、椎名さんに懐かれてるな？」

「……まあ、そう見えるよな」

見えるというか、実際懐いているんだろうけども。

「お前、自分たちの様子を客観的に見れてんのか？　どう見たってただのバカップルだぞ」

「うぐっ……」

呆れたような信二の言葉が胸に刺さる。

そう見えているような気はしていたが、いざ指摘されると恥ずかしい。

それもこれも椎名の距離感が悪いのだ。もっと普通の友達の距離感を教えてやらないといけないな。俺以外にもこんな距離感で接するようなら男を勘違いさせてしまう。

「……お前は、どうするつもりなんだ？」

信二の言葉の意図を測りかねた。

それでも、この男が真剣な話をしていることぐらいは分かる。

いつもへらへらしているこいつが、笑いもせずに俺をじっと見ているのだから。

「……どうするって、何を？」

結局、考えてもよく分からなかった。

だから問い返したのだが、信二は缶コーヒーを揺らしながら押し黙る。

ざわざわと、プール内の雑音がよく聞こえる。少しの間を置いて、信二は言った。

「あれでも比奈は結構ダメージ受けてんぞ。分かってんだろ？」

「……ちょっと元気がないことぐらいは」

これでも幼馴染だ。今の比奈が少し無理をしていることぐらいは分かる。

昔から、落ち込んでいる時ほど明るく振る舞う性格だった。

でも、その理由までは分からない。隣にいるこの男ほど俺は察しが良くない。

ダメージを受けていると信二は言う。いったい、何に対して？

悩む俺の顔をじっと見ていた信二は、やがて見透かしたように告げる。

「お前が鈍感なのは知ってるが、自分の気持ちぐらいはちゃんと整理しておけよ」

……何が言いたいのか、俺には分からなかった。

ただ経験上、こういう時の信二はいつも正しいことを言っている。

「……あら、久藤《くどう》さんも休憩中？」

椎名がトイレから戻ってきたのは、そんな時だった。

「ああ、おっさんはもう疲れたよ」

「おっさんって……同い年ですよね？」

信二の冗談に椎名はくすりと笑いながら、俺の隣に座る。

椎名も、最近はだいぶこの面子《メンツ》に馴染《なじ》めるようになってきた。今みたいに、ごく普通の受け答えもできる。まあ俺以外に敬語なのはいまだに変わる気配がないけど。

「同い年でも、精神的には大人通り越しておっさんなんだよ俺は」

信二の軽い冗談に、押し黙る俺と椎名。予想外の反応だったのか信二は首をひねるが、前世の記憶持ちの転生者である俺たち的には他人事《ひとごと》じゃないから笑えない。

……いちばん笑えないのは、そんな俺たちより信二のほうが確かに大人っぽいことだ。

俺と椎名は小声でささやき合う。

「ま、まあ言うて俺たちも前世年齢足してもせいぜい三十ちょっと……あれ？」

もしかして十分おっさんなのでは？

「い、いえ違うわ。貴方も私も、子供の頃は前世の記憶は曖昧で、夢に見る程度だったのだから、そんな単純計算はできないわ。そうよ。間違いないわ。絶対に認めない」

椎名は震え声で理屈を並べ立てる。

言っていることは正しい気がするのに、早口のせいで説得力がなかった。

「そもそも、セリス＝フローレスと椎名麻衣は別人よ。貴方が言ったことでしょう？」

「俺の感動的な台詞《せりふ》を、自分をおばさんだと認めないために使うなよ」

「おばっ……⁉　貴方、言っていいことと悪いことがっ……！」

などと小声で喧嘩をしている俺たちに、信二がやれやれと肩をすくめる。

「おい、目の前でイチャつかれると反応に困るからやめろ」

「べ、別にイチャついているわけじゃ……」

否定しながらちらりと椎名を見ると、なぜか頬を紅潮させている。

普通に照れるのはやめろ。椎名がその調子だと、こっちにまで伝染してしまう。

そんな俺たちを見て、信二が頭痛でもするのか額を押さえてしまう。

言い淀《よど》んだせいもあり、流石に反論は躊躇われた。

＊

それから少し経《た》つと、比奈と優香が戻ってきた。

レジャーシートの上にみんなで座り、水分補給をしながら次の行動を考える。

「どうしよっか？　お昼にはまだちょっと早いよね」

優香の言葉で時計に目をやると、十時半を回ったぐらいだった。

「ちょっと競泳プール行きたいわ。あたし、久々に護道と勝負したいから」

比奈がファイティングポーズを取る。

軽く突き出した拳が、ぱんと俺の胸板を叩いた。

「別にいいけど、何度やっても結果は変わらんぞ」

昔から、比奈は走りや泳ぎなど、あらゆる勝負事で何度も俺に挑んできた。

だが男女差もあるし、記憶を取り戻したのは最近でも、前世は英雄。運動神経は並の人間とは比べ物にならず、比奈に負けたことは一度もなかった。……勉強以外は。

「今度こそ勝つのよ！　見てなさい！」

比奈はびしっと俺に指を突きつけ、ずんずんと競泳プールに歩いていく。

プールで遊んでいるうちに気が晴れたのか、少しは元気が戻っているように見える。

よく分からないが、みんな元気に遊べるならそれに越したことはない。

安心していると、横から視線を感じる。

そちらに目をやると、椎名が俺を見ていた。

「……あ。えっと、頑張って？」

何で疑問形なんだよ。そう思いつつも、「おう」と腕に力こぶを作って答える。

「さっきから思っていたのだけれど、凄《すご》い筋肉ね」

まじまじと、椎名は俺の体を見る。

まあ上半身裸の状態だと、それなりに目立つ程度には鍛えている。

「筋トレはしていたからな。力があって損はないと思ったから」

自分を犠牲に、他者を助け続ける生き方はやめた。

それでも、力がなければ他者を助けるという選択すらできない。

助けたい人を助けられない。それだけは自分を許せない。

記憶を取り戻してからずっと鍛えてはいたが、今もそれは続けている。

そんな俺たち二人の会話に、優香が交ざってくる。

「確かに、服の上からだとそんなに気づかないけど、細マッチョなんだねー」

優香がぺたぺたと俺の腹を触る。くすぐったい。

信二が凄く微妙な顔で俺を見ているが、俺のせいではないだろ。

優香は俺を指差しながら、信二に説教する。

「ほら、信二も護道を見習って筋トレしようよ」

「そいつと一緒にされると困るだけで、俺だってそれなりに筋肉はあるだろ」

「ええー、どうかなぁ？」

「少なくともお前と違って、腹に余計な脂肪はねえよ」

「なっ⁉　こら！　待ちなさい！」

またもや余計なことを言う信二に、顔を赤くして怒る優香。

信二は競泳プールの中に入って泳いで逃げるが、優香もそれを追いかけた。

今日も仲が良さそうで何よりだ。

一方、放置されているのは準備体操中の比奈である。雰囲気が本気すぎる。

「護道！　あたしは真剣なのに、何ぽけっとした顔してるわけ⁉」

「悪い悪い。まあ、やるか」

むっとした様子で比奈が問いかけてきたので、勝負をしてやることにする。

俺たちは五十メートルの自由形で勝負した。

結果は語るまでもなさそうだが、もちろん圧倒的に俺が勝った。

「ぐぬぬぬぬ……」

悔しそうな顔の比奈。負けず嫌いなところは相変わらずだった。

「ま、時が経つほど男女差もデカくなるからな」

それに、比奈の場合はあの胸で水の抵抗が大きくなっているに違いない。

「……変な視線を感じるわね」

「な、何のことかな？」

じろっと比奈に睨まれたので、俺は誤魔化すために口笛を吹く。

比奈はため息をついてから、「あれ？」と小首を傾げる。

「てか、麻衣ちゃんは？」

比奈の問いに、確かにと思って周囲を探す。

信二と優香は競泳中だが、椎名の姿がどこにもない。

どこにもない……が、競泳プールの中、継続的な水飛沫が一ヵ所にあった。

「まさか……」

嫌な予感がする。そっちに向かって泳ぐと、水中で手足をわたわたさせている間抜けな椎名の姿があった。まさかとは思ったが、本当に溺れているのかよ！

椎名の体を抱いて、水面に引き上げる。

この際、肌の触れ合いがどうこうなんて気にしちゃいられない。

それよりも椎名の無事が大事だった。

「おい、大丈夫か⁉」

「げほっ、げほっ……ご、ごめんなさい……思ったよりも深くて」

椎名は怯《おび》えるように、ぎゅっと俺に抱き着いてくる。

「まったく……」

ほっと、息を吐く。

どうやら水を飲んではいないらしい。

軽く咳《せ》き込《こ》んだ程度で、特に異常はなさそうだ。

……安心した瞬間、全身に纏わりつく体の感触に意識が向いた。

「麻衣ちゃん、大丈夫⁉」

そこで俺に追い付いた比奈が尋ねてくる。

信二と優香も異常事態を察知して、俺たちのほうに寄ってきた。

とりあえず椎名をプールから引き上げると、椎名はどんよりした表情で謝罪した。

「……ごめんなさい。ご迷惑おかけして」

「ちょっと焦ったけど、無事なら問題ないわよ」

比奈は胸を撫で下ろしている。

「でも……」

「まあまあ、気にしないで」

「そうだぞ。泳げないのは聞いていたのに、気にかけてなかった護道たちが悪い」

「……なんであなた、自分だけは悪くないみたいな顔なの？」

いつも通り謎に偉そうな信二を、じとっと優香が睨む。

そんな感じで、信二と優香も落ち込んで謝り倒す椎名を慰めている。

さっきまで泣きそうだった椎名は、そんな光景を現実感のなさそうな顔で見ていた。

「……大丈夫だ。ここには、お前を責めるやつなんていない」

そう小声でささやくと、椎名は俺をまじまじと見る。

「つまり安心しろってことだ。お前がポンコツなことぐらいはみんな知ってる」

今度はみんなに聞こえる大きな声で言うと、笑い声が上がった。

「ま、体育の授業で運動音痴なのは十分知ってるからな」

いつものように肩をすくめる信二。

「普段も、いつも慌ただしいもんね」

くすくすと笑う優香。

「大丈夫よ！　そんなところも可愛いから！」

カバーするような言い方をしつつも、ポンコツなことは否定しない比奈。

みんな、温かい目で椎名を見ていた。

なぁ、椎名。心配する必要はないんだ。

だって、ここにいるのは、みんなお前の友達だ。

お前に実感が湧かなくても、みんなは当然のようにそう思っている。

だから怖がることとなんてない。お前はここにいて大丈夫だ。

そんな俺の思いが伝わったのか、椎名は珍しく強気に言い返す。

「私は……ポンコツじゃないわよ！」

とはいえ、その反論に無理があるのは間違いなかった。

＊

気づけば、時計の針が三時を指している。

「流石に疲れたな……」

昼食を取った後も、いろんなところを泳ぎまわって大型プール施設を遊びつくした。

楽しい時間は過ぎるのが早い。

俺は私服に着替えてから二階の休憩所で休んでいた。

壁がガラス張りになっていて、ここからプール内を一望できる。

子供が遊んでいる間、親が休憩するにはちょうどよさそうだ。実際そんな雰囲気の人が多く、俺みたいな若者は少なかった。そのせいか程々に静かで、居心地がいい。

俺は売店で買ったソフトクリームを舐《な》めながら、ぼけっとプールを眺める。

優香と信二はまだプールの中だった。

あいつら、元気だな。まあ信二は連れ回されているだけだろうが。

……今日は楽しかったな。いい日になったと思う。

椎名も、トラブルこそあったが、楽しめたんじゃないだろうか。

そんな風に一日を振り返っていた時、後ろから声をかけられる。

「……隣、いいかしら？」

振り返らなくても声で分かる。椎名だった。

返事をする前に隣に座ってきたので、じゃあ何で聞いたんだと思わなくもない。

さっきまでそこには比奈が座っていたんだけど……まあいいか。

「なかなか疲れたな」

「貴方が疲れるなんてことがあるの？」

「前世とは違うんだぞ？　どれだけ鍛えても大差ないさ」

そう答えると、椎名はふふっと微笑した。

それから、沈黙が訪れる。随分と、居心地のいい無言だった。

ふと椎名が口を開く。

「……ねえ、私と友達になった時のこと、貴方は覚えているかしら？」

「お、思い出させるなよ。恥ずかしいことばっかり言ってたぞ」

黒歴史すぎて思い出すたびに布団を転がり回っている。もうあれ呪いだろ。

『──俺の、友達になってくれ』

『俺だけはお前のことを好きでいる。お前の心の呪いも、魂の呪いも、俺が祓《はら》う』

『俺がお前を助けてやる。俺がお前を幸せにする。だから俺の友達になって、大人しく救われておけ。これでも俺はお前を倒して、世界を救った英雄だぞ？　頼れよ、俺を。ひとりで抱え込まないで、俺に相談しろよ。それができるのが友達だって比奈から聞いた』

『お前が俺の友達になってくれるなら——俺は、お前だけの英雄になれる』

や、やめろ！　脳内再生するな！　うわあああ！

俺が頭をぶんぶんと振り回す奇行者になっていると、椎名は言った。

「そんなに恥ずかしがらなくてもいいのよ。だって、私にとっては、あの日ほど嬉しかったことはないのだから。貴方の言葉が、私の呪いを祓ってくれた。

ひどく優しげな椎名の声音に驚いて、視線を向ける。

椎名は俺の顔を見ていた。慈しむように、大切なものを見るように。

「だからね、少し早いかもしれないけれど、貴方にきちんと感謝を伝えたかったの」

最近はずっと、椎名とまともに目を合わせることができなかった。

だから久しぶりに間近で見るその優しげな表情に、その澄んだ瞳に、吸い込まれていく。

「——私ね、貴方のおかげで、今、とっても幸せよ」

子供のように、向日葵《ひまわり》が花開くように、椎名は笑った。

「私だけの英雄様。私を助けてくれて、私を幸せにしてくれて、ありがとう」

その笑顔から目が離せなかった。

ずっと見ていたいと思った。それなのに、徐々に視界がぼやけていく。

「な、何で泣くのよ？」

「……え？」

慌てたような椎名の声を受けて、ようやく自分が泣いていることに気づく。

男が泣くなんて情けない。止めようと思っても、頬を伝う雫《しずく》はその数を増やしていく。

「わ、悪い……」

どうして、泣いているのだろう。

分からない。分からないけど、俺は、ずっとずっと、その言葉を聞きたかった。

あの日、魔女の真実を知った時から、ずっと。

俺はお前に、そんな風に笑ってほしかった。幸せという言葉の意味を知ってほしかった。

そのためになら、世界を敵に回したって構わないと思ったんだ。

「……よかった」

本当に、よかったと思う。こんなに嬉しいと思ったことはない。

知らないうちに俺の心を縛っていた呪いが、祓われていく感覚があった。

だって、世界中の誰もが、当人の魔女でさえも、間違いだと言い続けた俺の選択に、椎名が感謝してくれて、やっと報われた気がしたんだ。俺は、間違っていなかったんだ。

「と、とりあえずハンカチならあるわ！」

焦った様子の椎名からハンカチを受け取って、しばらく待つとようやく涙は止まった。

慌ただしかった椎名が、俺の様子を見てほっと一息ついている。

……冷静さを取り戻すと、いきなり泣き出したのが恥ずかしくなってきた。

周りの人たちはきょとんとした様子で俺たちを見ている。

そりゃ、大型プールの休憩所で男子高校生が突然泣き出したら驚くわな……。

ひそひそと、「痴話喧嘩《ちわげんか》か？」などとささやかれている。

今日も今日とて黒歴史を量産する俺だった。

「まったく……泣くほど嬉しかったのかしら？」

と、椎名がからかうように言ってくるので、俺はヤケクソ気味に頷いた。

「そうだよ」

「……え」

「本当に、嬉しかったんだ」

本音を伝えると、椎名から返事はなかった。

隣に目をやると、顔を真っ赤にして俯いている。

その姿がとても可愛く見えて、愛《いと》しく感じて、自分の気持ちを悟る。

——ああ、好きだなぁ、と、そう思った。

一気に、心臓が高鳴っていく。

どきどきと、その鼓動が椎名に聞こえそうなぐらい。

……最近は何となく自分でも分かっていて、でも気づかないふりをしてきた。

だけど、あの笑顔を見たら自分を誤魔化すのは限界だった。

友達としてじゃなく、俺は椎名麻衣を、ひとりの女性として好いている。

悔しいことに、その事実を認めざるを得なかった。

「……なぁ、椎名」

ただ、いざ認めたら、思いのほか気が晴れる。

俺はこいつが好きなんだ。今すぐ、抱きしめたいぐらいに。

「……何よ？」

「俺、やりたいことを見つけたんだ」

にっ、と笑って椎名に言う。

比奈に説得された日から、俺はずっとやりたいことを探していた。

自分がやりたいことを探して、自分の意思で生き方を決めようと思っていた。

でも、英雄としての振る舞いに縛られ続けてきた俺には少し難しくて、今日まで自分の気持ちすらよく分からなかった。でも今、やっと気づくことができたんだ。

俺はお前と、ずっと一緒にいたい。

今よりもっと近くにいたい。

……もう一度、キスをしたい。

それが今、俺が自分の意思で『やりたいこと』なのだと。

「……そう」

ぱちぱちと目を瞬かせていた椎名は、やがて嬉しそうに笑った。

「それは、よかったわね。私にも聞かせてくれる？」

純真な笑みと共にそう聞かれて、一気に顔が熱くなっていく。

いやいや、俺は何を言っているんだ？　ちょっとテンションが上がりすぎていたらしい。そんな言い方をしたら内容を聞かれるに決まっているだろう。

だが、まだ告白する勇気はない。自覚したばかりだし、ちょっと早いかな……。

「……な、内緒だ！」

「別にいいじゃない！　教えなさいよ！」

とりあえず誤魔化すと、椎名はムッとした様子で問い詰めてくる。

「そ、そのうち教えるから！　そのうち！」

そう、そのうちだ。今じゃない。今だけは無理。

俺は椎名が好きだ。椎名と、今よりもっと近づきたい。

だとしたら、この気持ちを告白して交際に繋《つな》げる必要があるだろう。

ただ、焦る必要はない。フラれたら元も子もないからな。というかもう、絶望する。まずは椎名との仲をゆっくり深めよう。好意的に思ってもらえるように。

……どうやって？

めちゃくちゃ難しい気がしてきた。

この面倒臭い女がそうそう人に恋をするとは思えない。

ましてや俺は、今は友達になったとはいえ、かつて殺し合っていた男だ。スタートラインがマイナスと言ってもいい。冷静に現実を見ると一気に気持ちが沈んできた。

「な、何で落ち込んでいるのよ？　今日は珍しく感情表現が豊かね」

椎名は困惑した様子で言う。そりゃ困惑するだろう。

俺自身も自分の気持ちのジェットコースターに困惑中だからな……。

「前世で笑いもしなかった男とは思えないわ」

……椎名が言うように、俺も椎名に負けず劣らず、前世から変わっているのだろう。

昔は、感情を表に出すことなんてほとんどなかった。

「……まあ、今のほうがいいだろ？」

しかし、いつまでも前世に囚《とら》われてはいられない。俺たちは今、グレイ＝ハンドレットとセリス＝フローレスではなく、白石《しらいし》護道と椎名麻衣なのだから。

そう伝えると、椎名は苦笑して肩をすくめた。

「今は、分かりやすくて助かるわ。何を考えているか分からないのは怖いから」

「言うほど怖いか？」

「だって、何考えているのか読めないと、会話デッキが組みにくいじゃない……」

普段、会話デッキを組んでから会話してるんだこの子……。

「それはお前にコミュ力がないだけじゃ……？」

「なっ……何か文句ある⁉　人間なんてだいたいホラーでしょう⁉」

などと無茶苦茶な主張をする椎名を宥《なだ》めていると、後ろから足音が近づいてくる。

肩越しに一瞥《いちべつ》すると、ぐったりした様子の優香と信二がそこにいた。

「つ、疲れちゃったね……流石のわたしも……」

「それに付き合わされる俺の身にもなれ……てか、また喧嘩してんのか？」

「喧嘩じゃないわ。この男が一方的に私を罵倒してくるだけ」

プールで溺れた時の一件で何か気持ちに区切りでもついたのか、俺以外が相手でも普段通りの口調になった椎名。もちろん、みんなはそれを歓迎している。

「えーっ⁉　護道ひどいよ！　軽蔑しちゃうなー」

だが、そのせいで椎名とより仲良くなったのか、優香たちが常に椎名の味方につくのはいただけない。この女が適当なことばっかり言っていることに早く気づいてほしい。

「まあ護道がひどい男なのはいつものことだろ」

一方、ナチュラルに俺を罵倒する信二。やんのか？

睨みつける俺を完全に無視するマイペースな信二は周りをきょろきょろ見回す。

「ところで、比奈はどうした？」

「そういえば……どこに行ったんだ？」

椎名が今座っている場所は、さっきまで比奈の居場所だった。

比奈がトイレに向かったタイミングで、入れ替わるように椎名が来たのだ。

しかし、比奈がいなくなってからすでに十分以上が経過している。流石に遅いな。

「トイレって言ってたんだけどな」

「まさか……お腹《なか》を下してるんじゃ……」

と、優香が呟いたところで、俺は近づいてくる足音に気づく。

一方、足音に気づかない優香の後頭部に、比奈のチョップが炸裂《さくれつ》した。

「乙女になんてこと言うのよ。ちょっと売店でお菓子買ってただけ」

比奈はそう言ってチョコをちらつかせる。

優香は「なーんだ」と、つまらなそうな声で言った。

……少し気になることがある。だけど俺は、何も言わないことにした。

＊

それからプールを出て、帰路に就く俺たち。

楽しかったね、と思い思いに語り合う面々に対して、俺は電車の窓を眺めながら、少しばかり考え事をしていた。先ほどの比奈の言葉が引っかかっている。

比奈は売店でお菓子を買っていただけだと言った。……本当だろうか？

俺は前世の戦闘経験から、周囲にいる人の気配が分かる。

誰なのかまでは分からないけど、俺と椎名が一緒にいる時、少し遠くからずっとこちらを見ていた気配は確かにあった。俺は、それが何となく比奈だったように思うのだ。

……とはいえ、わざわざ嘘《うそ》をつく理由に心当たりはない。

だから、たぶん気のせいなんだろう。

『お前が鈍感なのは知ってるが、自分の気持ちぐらいはちゃんと整理しておけよ』

なぜかその時、さっきの信二の言葉が脳裏を過った。

＊

楽しかったな。

……でも、結構しんどかったな。

ちゃんと、上手く笑顔を保てていただろうか。

いつも通りのあたしを、演じられていただろうか。

元気がないのは気づかれてたかもしれないけど、理由までは察していないはずだ。

……まあ、信二は何もかも分かっていそうな目であたしを見ていたけど。

「比奈？」

隣を歩く護道が、あたしのことを心配している。

前橋駅でみんなと解散して、あたしと護道はそれぞれの家まで歩いている最中だった。

「大丈夫。ちょっとぼうっとしてただけ。いっぱい遊んで疲れたわね」

嘘は言ってない。あたしは大丈夫。……今はちょっと、疲れているだけ。

護道は「そうだな」と苦笑して、再び前を向いた。

その距離感は、普通の友達よりもちょっと近くて、でも恋人ほど近くはなかった。

幼い頃からずっと、あたしと護道はそんな距離感を保っていた。

これから先もしばらくは、この距離感が続くんじゃないかと思っていた。

今よりもっと近づきたいとか、そういう気持ちがないわけじゃない。

でも、今の距離感を失うほうが怖かった。あたしは今のままでも十分幸せだった。

……そう思っていたのに、護道があたし以外の誰かと一緒にいる未来を想像すると、急に胸が痛くなった。麻衣ちゃんと一緒にいる時の護道の顔を見ると、息が苦しくなった。

あたしって、自分で思っていたよりもずっと、護道のことが好きなんだなぁ。

今更、そんなことに気づいた。

別にあたしのものにならなくても、傍《そば》にいられたらいいと思っていた。

あたしは幼馴染だから、別に付き合わなくても、ずっと護道の傍にいられると無邪気に信じていた。もし恋人ができても、心を許してくれるのはあたしだけだと思っていた。

でも、それはただの幻想なんだと気づいた。

あの光景を見たら、もう割って入れる気なんてまったくしなかった。

どう見たって、それは恋をしている二人の男女で、ただのバカップルだった。

ふと、隣をちらりと見る。

護道はちょっと疲れたような顔で、夕焼けの空を仰いでいた。

さっきまでぼろぼろ泣いていたとは思えない。

実際に見ていなかったら、ちょっと目元が腫れていることに気づけなかっただろう。

……今日、あたしは、護道の涙を初めて見た。

子供の頃からずっと、護道は一度も泣かなかったから。

どんなに理不尽な目に遭っても、いつだって平然とした顔で立っていた。

その護道が、あんなに間抜けな顔で泣くなんて、信じられなくて。

あたしの知らない顔をあの子に見せている事実に、醜い嫉妬が生まれた。

ずっと、あたしはあんたの傍にいたのに。
突然現れたあの子と、あんたはどんどん仲良くなっていく。
まるで、運命の赤い糸で繋がれているかのように。
ねえ、教えてよ。
どうして、あの子にだけ見せる顔があるの？
どうして、あの子のことばかり気に掛けるの？
どうして、あの子のためにそこまで頑張っているの？
……そんな風に考えてしまう自分が嫌で、最悪で、最低だと思う。
早く家に帰って、布団にくるまって、こんな気持ちを忘れてしまいたい。
……しばらく立ち直れそうになかった。

第二章　人間初心者と花火大会

今日も今日とてバイトだった。

いくら夏休みとはいえ、あまりにシフトを入れすぎて後悔している。

「はぁ……」

「先輩がため息をつくなんて、珍しいこともあるものですね」

隣で皿洗いをしている川崎《かわさき》が、まじまじと俺を見る。

「ただのバイトマシーンかと思ってました」

「俺だって人間だぞ。気分が憂鬱な時ぐらいある」

「……本当に？」

「なんでそこでマジな疑いがかけられるの？」

前世だったら分かるが、今の俺は疑いの余地なく人間だぞ。

なお前世は体をいじくり回されてたから、人間だと断言できる自信はなかった。

いや、人間の定義をどこに置くかによるけど。なんか哲学的な命題になってきたな。

くだらないことを考えていると、川崎は何かを察したような顔で言う。

「はっ……まさか、先輩、失恋しましたね⁉」

「どこからその発想が出てきたんだ」

たかがテンションが低いぐらいで発想が突飛すぎる。

「だって、夏じゃないですか。やっぱりひと夏の恋っていいですよねー」

「なるほど、そういう映画でも観《み》たのか」

「そうなんですよ！　いや私、感動系の映画に弱いんですよねー」

川崎が目をきらきらさせながら、現在公開中の映画の解説を始めたので適当に聞き流しながら床を掃除する。客は少ないので、無駄話をする時間は山ほどあった。

「むぅ、先輩ちゃんと聞いてますか？」

「聞いてるよ。いろいろあって男の子が女の子にフラれたんだろ？」

「端的にまとめすぎ！　そのいろいろが大事なんじゃないですか！」

頬を膨らませて文句を言う川崎。いちいち仕草があざとい。天然の椎名《しいな》と違って、意図的にやっているのが川崎だ。ふっ、椎名のあざとさで鍛えられた俺には通用しないぞ。

謎のドヤ顔を決めている俺に、川崎は思い出したように言う。

「あ、そういえば、あんまり恋愛映画に興味ないって言ってましたっけ？」

「……まあ、そうだな」

興味ないというか、単純に観てもよく分からないのだ。

当時の俺は恋という感情を知らないから、いまいち共感できなかった。

……でも、今なら少しは分かる。もしかすると今なら面白く感じるかもしれない。

今、俺が椎名に対して抱いている感情は、『恋』だと思う。

でも、冷静に考えると確信はない。なぜなら俺はこれまで恋をしたことがないから。

椎名に告白するためには、せめてこれが恋だという確信が欲しい。自分でもよく分かっていない感情を伝えようとしたって、きっと上手《うま》く言葉にはできないと思う。

「……川崎は、恋をしたことがあるのか？」

そう尋ねると、川崎は皿洗いの手を止めて俺を見た。

改めて川崎をよく見ると、とても整った顔立ちをしていることが分かる。かなりモテるんじゃないだろうか。きっと、恋の経験値も豊富なんだろう。

「そりゃありますよ。小学生の頃は、同じクラスのサッカーが上手で元気な男の子が好きでしたし、中学生の頃は本が好きでミステリアスな雰囲気の男子が好きでした」

「随分とタイプが違うんだな」

「好きになった人が、私の好きなタイプですから」

深いような、浅いような言葉だ。

「その好きな男とはどうなったんだ？」

「幻滅して、冷めました。サッカーが上手な高橋《たかはし》くんはデリカシーがなくて、ミステリアスな橋野《はしの》くんはただのカッコつけたがりの中二病だったので」

「はい。勝手に恋をして勝手に冷めました。でも、それも恋ですよねー」

「ええ……そうなのか」

そういうものなのか。

まあ、恋愛経験豊富っぽい川崎がそう言うのならそれが正しいのだろう。

ふむふむと頷《うなず》いていると、川崎はふと、いつもより低いトーンで語り始めた。

「……私の恋って、いつも淡い感情というか、あまり気持ちが大きくならないんですよね。だから、すぐに冷める。あんまり参考にしないほうがいいかもしれません。いつかその人のことしか考えられなくなるぐらいの、本当の恋ができたらいいなって思ってます」

いつも適当なことばかり口走る川崎が、こんな真面目に話をしてくれるのは珍しい。

「いや俺、参考にしたいなんて言った覚えはないんだけど……」

「先輩は分かりやすいんですよ」

どうやら考えを見透かされているらしい。

体感、川崎は信二《しんじ》と同じくらい察しがいいと思う。

「その人のことしか考えられなくなるぐらいの、本当の恋か……」

ふと椎名の顔が浮かんだ。そして、気づく。

……あれ？　俺ってもしかして、椎名のことばかり考えている？

何だか恥ずかしくなってきた俺に対して、川崎は、なぜか寂しげに微笑《ほほえ》んだ。

「今回はそうなってくれるんじゃないかって、ちょっとだけ思ってたんですけどね」

……川崎は、今も誰かに恋をしているのだろうか。

その言葉の意味を尋ねようとすると、川崎はふるふると首を振った。

「何でもないです。淡い恋心なんかじゃ、本気の人たちには勝てませんから」

それより、と川崎は続ける。

この話題を、強制的に断ち切るように。

「先輩は、誰に恋をしたんですか？」

「……どうして分かる？」

「珍しく似合わないこと聞くからじゃないですか」

それから川崎は目をきらきらさせながら、ハイテンションで尋ねてくる。

「それでそれで？　どこの誰なんです？　同じ学校？　可愛《かわい》いですか？　名前は？　気になります！　先輩が惚《ほ》れるなんて、よっぽどの変人なんでしょうね？」

「べ、別に言う必要ないだろ。まあ、間違いなく変人ではあるだろうが……」

普通に答えようとしたら急に恥ずかしくなってきて誤魔化すと、川崎は引き気味の半笑いで「うわぁ……これマジで好きなやつじゃん……」と呟《つぶや》いた。何が悪いんだよ！

「今時そんな小学生みたいな反応する人、なかなかいないですよ」

「……うるせえな。こちとら初恋なんだぞ？」

「へぇー、それなら、不慣れでも仕方ないですね。ほら、拗《す》ねないでくださいよ」

くすくすと笑いながら俺の機嫌を取ろうとする川崎。どっちが年上なのか分かったもんじゃなかった。何なら前世まで含めると相当な年上のはずなのに……。

「……椎名麻衣《まい》って名前だ」

そう伝えると、川崎は「ああ」と得心したように頷く。

「あの転入生ですか？　確かに、下の学年でも可愛いって話題になりましたね」

「そうなのか……」

実際、椎名は相当可愛い。街を歩けば、誰もが一度は椎名に目を奪われる。下の学年で可愛いと話題になるのも当然だろう。アイドルと比較しても一級品なのだから。

……狙っている男は、きっとたくさんいるだろう。

他の誰かに取られたくないな、と思う。これが独占欲というやつなんだろうか。

焦る必要はないと思っていたが、悠長に構えるのも駄目かもしれない。

「なぁ、川崎。ちょっと教えてくれないか？」

「何をですか？」

「俺のこの感情が、本当に恋なのか。詳しいやつに聞いて、確信が欲しいんだ」

「よ、よくそんなに恥ずかしい台詞《せりふ》が言えますすね……」

川崎が珍しく顔を赤くして照れる。

「そもそも別に詳しくもないですけど……恋人いませんし……いたこともないですし……

でもまあ、相談に乗るぐらいならできますよ。お姉さんにどーんと言ってみなさい」

川崎はふふんと鼻息荒く胸を叩《たた》いた。頼もしい。

お姉さんかどうかはともかく、恋という戦場で先輩なのは間違いない。

俺はこの戦場で、まだ何も知らない新参者だ。だから技術も自信もない。頼れる人がいるのはとてもありがたいな。

そう思いながら、俺は自分が椎名に抱いている感情を川崎に語る。そう思うに至ったまでのエピソードも含めて、丁寧に。流石《さすが》に前世のことまでは話せないけど。

「——まあ、そんなところなんだが……って、どうした？」

気づいたら、川崎が両手で顔を覆っていた。よく見ると耳まで真っ赤になっている。

「ど、どうしたじゃないですよ……聞いてるこっちの身にもなってください」

川崎はぱたぱたと自分の顔を手で扇《あお》いでいる。

「そんな風に、ずっとその人のことを考えていられるほど大好きなのに、よくこれが恋なのか分からないなんて言えますね……それが恋じゃないなら何だって言うんですか！」

もはや愛でしょそれは、と川崎はぶつぶつ呟いている。

愛か……。なるほど、そういう概念もあったな。愛と恋の違いはよく分からないが。何にせよ、川崎がここまで言ってくれるのなら、この気持ちは恋か愛ではあるのだろう。

「俺は、どうすればいいと思う？」

「どうすればって、付き合いたいんじゃないんですか？」

川崎の問いかけに頷く。付き合う、ということが実際に何をするものなのかよく分かっていないが、今よりもっと椎名に近づくために必要な工程だとは思っている。

「付き合うには、どうすればいい？」

「そうですねぇ。話を聞いていると、すでに十分仲はいいみたいですから。後は異性として意識させられるか、ですよね。二人きりのデートに誘ってみたらどうですか？」

「二人きり……そんなの、恥ずかしいだろ！」

「恥ずかしがるポイントおかしくないですか!?」

驚愕《きょうがく》する川崎だが、いざ椎名をデートに誘う場面を想像したら急に恥ずかしくなってきたので仕方がない。何しろ今までが今までだ。ドン引きされる可能性だってあった。

『……友達になろうって話だったわよね？』と、ちょっと困ったように言われる光景が頭に浮かび、あまりにもしんどすぎて床を転がりたくなったが、バイト中なので耐える。

「それに……デートって言っても、何をすりゃいいのか分からないな」

友達との遊びみたいな感じでいいんだろうか。

それなら難しくはないが、今以上に距離を詰められるとは思えない。

ふと川崎が閃《ひらめ》いたように、ぽんと掌《てのひら》を拳で叩く。

「あ、そういえば花火大会が来週あるじゃないですか！　誘ってみましょうよ！」

言われてみれば、来週の土曜日は花火大会だった。

例年通り、比奈《ひな》と見に行くつもりだったが、川崎の提案もありかもしれない。

椎名は綺麗《きれい》なものが好きなので、花火もきっと好きだと思う。

……人混みは苦手だろうけど。その辺りは、相談してみないと分からないな。

「分かった。そうしてみる」

俺が頷くと、川崎は手をわきわきとさせながら、早口で語る。

「いいですか、いい感じになったら手を繋《つな》いでみてください。嫌がられなかったら路地裏でハグして、ちょっと強引にでもキスして、そのままホテルに連れ込んで――」

ぐふふふ、と不気味な笑いを漏らしながら妄想を垂れ流す川崎だが、その後ろに店長が近づいていることに気づいたので、俺は素知らぬ顔で背を向け、床の掃除に戻る。

「仕事中になんて話をしているんだお前は」

「あいたぁっ！」

「客がいないなら白石《しらいし》を見習って掃除でもしとけ」

「はぁい……」

川崎は生返事をしながら、恨みがましい顔で俺を見るのだった。

いや、恋愛初心者の俺でもお前の妄想が行きすぎていることぐらいは分かるぞ。

＊

……今、何をしているのかな。

気を抜くと、護道《ごどう》のことばかり考えてしまう自分がいた。

護道、と口の中で呟く。何だか恥ずかしくなった。

今までは英雄と呼んでいたけれど、友達になったあの日、もう自分は英雄じゃないと言うから、とっさに護道と呼び始めた。今更変えるのも変だから、そのまま護道と呼び続けているけれど、なんで私は、苗字《みょうじ》の白石じゃなくて護道にしたのだろう。

今では護道のほうがしっくり来るから別にいいけれど。

……逆に、私のことを魔女とは呼ばなくなった護道が、椎名呼びなのは何だか不満だ。

私が護道を名前で呼んでいるのだから、護道も私のことを麻衣と呼ぶべきだ。

……え、いや、どういう理屈？　いやいや、冷静にならないで私。自分でもちょっと疑問に思ってしまったけれど、とにかく不公平なのでよくない。よくないのだ。

私のことを、麻衣と呼んでくれる護道の姿を想像する。

「～～っ！」

言葉にならない声を漏らして、ごろり、とベッドの上を転がる。

枕元のぬいぐるみを引き寄せて、ぎゅっと抱き締めた。

昨日のプール、楽しかったな。

泳げない私は主に浮き輪でぷかぷか浮いているだけだったけれど、護道やみんなが……

心を許せる友達が傍《そば》にいてくれたおかげで、すべてが新鮮で楽しかった。

……その感謝を伝えただけで、まさか泣き出してしまうとは思わなかったけれど。

護道の間抜けな泣き顔を思い出して、思わず口元が緩む。

何だか、最近おかしい。気持ちがふわふわして、胸はどきどきする。

もしかして病気だろうか。

いや、呪いが体を蝕《むしば》んでいる身で何を言っているんだという話だけれど。

原因は分かっている。護道のせいだ。護道のことを考えると急に頭が回らなくなる。

——それも、あの日からだ。

友達になってくれと、護道に迫られた日から、何かがおかしい。

なぜか目が合うと逸《そ》らしてしまうし、なぜか頬が熱くなるし、なぜか一緒にいると緊張するし、そのくせすぐ目で追ってしまう。これが友達になった効果なのかな？

友達ってすごい。一緒にいて、温かい気持ちになる。

早く会いたいな。次はいつ会えるだろう。

とはいえ呪いの治療があるから、定期的に会えることは確定している。

生まれて初めてこの呪いのいい点を見つけたかもしれない。不幸中の幸いだ。

そんなことを考えながらベッドの上を転がっていると、私のスマホが音を鳴らした。

がばっと身を起こして飛びつくと、それは護道じゃなかった。でも残念とは思わない。

なぜなら、それは桐島《きりしま》さんだったからだ。

深呼吸してから応答すると、溌剌《はつらつ》とした声が届いた。

『あ、麻衣ちゃんやっほー！　元気？』

「う、うん……でも、外に出ると暑いから、部屋でごろごろしていたわ」

プールの日から、敬語をやめる努力をしていた。

ポンコツじゃない、と思わず普段の口調で突っ込みを入れてしまった時に、桐島さんと新藤《しんどう》さんが目を輝かせて「いつもその感じがいい！」と言ってきて、流されてしまった。

……仲良くなれた気がして、嬉《うれ》しかったのでいいけれど。

とはいえまだ護道以外にため口を使うのは緊張する。

そんな風に私が葛藤している間にも、桐島さんの声が届く。

「あはは、そうだよね！　あたしも部活なかったらそうするんだけどなー」

今日も部活だったんだ。こんな暑い日も外で走っているなんて、桐島さんはすごい。

もしそれが私だったら、今頃とっくに倒れているだろう。

「ね、麻衣ちゃんって小説好きだよね？　アレ知ってる？　今話題になってるやつ」

何だっけ？　と肝心のタイトルを忘れている桐島さん。

もしかして、と思って実写映画の公開が始まったばかりの人気恋愛小説の名前を挙げると、桐島さんは「それそれ！」と頷いた。私もお気に入りの作品だ。最近はライトノベルばかり読んでいたけれど、元が雑食タイプなので、どんなジャンルも一通りかじっている。

その中でも特に恋愛を主題とした作品は、本屋で手に取りがちな傾向があった。

「あの作品、映画公開中だよね？　よかったら一緒に観に行かない？　今、優香《ゆうか》と一緒に行こうって話をしてて、せっかくだし麻衣ちゃんも一緒にどうかなって」

「わ、私で良ければ喜んで」

そう答えると、電話口から「やたっ！」と嬉しそうな声が届く。

桐島さんは最近、こうやって電話をかけてくれたり、遊びに誘ってくれる。

もしかしたら、私を気に入ってくれたのかもしれない。そうだとしたら嬉しいな。

友達だと思っていいのかな。友達になれているのだろうか。

護道みたいに、ちゃんと言葉で伝えてくれたら不安にならないのに。

そうは思うけれど、友達というのは普通わざわざ言葉にする関係じゃないらしい。

護道がそう言っていた。あの男は私と違って友達が多いから詳しいのだ。

そういえば、と私は桐島さんに尋ねる。

「……護道は誘わないのかしら？　後は、久藤《くどう》くんも」

「あー、あいつら恋愛系の映画には興味ないからね。いつも断られるのよ。あたしが護道を誘わなかった理由はそれだし、優香が信二誘ってない理由もたぶんそうでしょ」

「へぇ、そうなのね」

元々好きな小説だし映画は楽しみだけれど、護道がいないのはちょっと残念。

そういえば前世の頃から、恋愛系の物語はよく分からないと言っていた気がする。

恋は美しい感情だ。それを理解できないのは、人生を損していると思う。

……まあ、私も恋をしたことがないので、本当の意味では理解していないけれど。

そこでふと護道の顔が浮かんできて、私はぶんぶんと首を振る。

な、何を考えているの私。あの男はあくまで友達であって、恋なんてするわけない。

そもそも今は友達でも、前世で殺し合っていた仲よ？

好きになる……なんて、絶対にありえない。

「……どうかした？」

などと私が頭の中で言い訳していると、桐島さんが声をかけてくる。

「い、いえ、何でもないわ」

こほん、と咳払《せきばら》いする。

それから少し間があって、何か変なこと言ったかな……と私が緊張していた時、

『ね、今から会えないかな？　ちょうど部活帰りで近くにいるんだ』

桐島さんからそんな問いかけがあって、もちろん私は頷いた。バイトをしているわけでも部活をしているわけでもない私は、正直夏休みはだいぶ暇を持て余していた。

＊

家から出て少し先の公園まで歩くと、桐島さんが日陰のベンチに座っていた。部活着っぽい半袖シャツにショートパンツを着ていて、首にはタオルを巻いている。

「お、麻衣ちゃんだ！　今日も可愛いね！　いえーい！」

桐島さんは私に気づくと、ハイテンションで片手を掲げる。

「い、いえーい……？」

と、私も片手を挙げてみると、桐島さんはぱしっと私の手を叩いた。どうやら正解だったらしい。ハイタッチ、自分でするのは初めてだった。なんか感動する。

桐島さんがベンチの隣をぽんぽんと手で叩くので、大人しくそこに座った。

間近で見る桐島さんは、今日も美人だった。スタイルもいい。

胸も大きいし、足も細いし、ウエストは細いし、私とは比べ物にならない。

それに性格も元気で明るくて優しい。私も、桐島さんみたいになりたいな。

「今日も暑いねー。あ、汗臭いからあんまり近寄らないほうがいいかも」

「あ、ごめんなさい」

こっそり桐島さんの傍にもっと寄ろうとしていた私だが、気づかれちゃったかな。

桐島さんは近くの自販機で買ったと思われるサイダーを、ごくごくと喉を揺らして飲み干していく。なんていうか、その……えっちだ。いや何考えてるの私。落ち着いて。

ところで、桐島さんはどうして私を呼び出したんだろう。

単に会いたいだけだったとか言われても……それはそれで嬉しいけれど。えへへ。

「さっき話した映画の件、日程決めようと思って。まあ電話でもいいんだけど、あたしの帰り道って麻衣ちゃん家の近く通るからさ。迷惑だったらごめんね？」

「い、いえ全然！」

両手を合わせる桐島さんに、首をぶんぶん振る私。

それから映画の上映時間を確認して、日程を調整する私たち。

桐島さんは部活で忙しいけれど、私は夏休みはいつでも暇で、新藤さんも似たような状況らしいので、桐島さんの部活がない日ですんなり決まった。楽しみだなぁ。

そんな時、桐島さんがスマホを見ながらくすりと笑みを零《こぼ》した。

小首を傾《かし》げると、「あ、ごめんごめん」と言いながら桐島さんは画面を見せてくれる。

そこにあったのは桐島さんと護道のＲＩＮＥのやり取りだった。

「あいつ、せっかくだし映画誘ってみたけど、珍しく興味あるって」

……ということは、護道も来るんだ。ど、どうしよう。何着ていこうかな。この前と同じワンピースだと芸がないかな。……私服、可愛いって思われたいな。

などと考えていたのに、続く護道の返信が『あ、でもその日バイトだ』だった。

「なーんだ」

と、桐島さんは唇を尖《とが》らせる。

ぬか喜びだったな……と、私も肩を落とした。

その後も護道と桐島さんは日程のすり合わせを試みたようだが、

「んー、護道とはちょっと予定合わないかな。ま、仕方ないわね。三人で行こ！」

結局、そういうことになった。……みんな、結構夏休み忙しいのね。

それにしても、護道と桐島さんは、普段からこんな風にやり取りをしているんだ。

……羨ましいな。脳裏に、私の前を歩く護道と桐島さんの光景が蘇《よみがえ》る。

お似合いの二人だった。なぜか胸がちくりと痛む。桐島さんは見ての通りアイドルにもなれそうな完璧美少女だし、護道はあんまり認めたくないけど世界でいちばんかっこいい。

しかも、二人は幼稚園の頃からずっと一緒の幼馴染《おさななじみ》だ。

「どうかした？」

思考に沈んでいた私に、桐島さんがきょとんとした調子で声をかけてくる。

「い、いえ、何でもないわ。単に、護道と仲良さそうだなぁと思って」

「……あたしから見たら、麻衣ちゃんのほうが、よっぽどそう見えるけどね？」

私のほうが？　護道と仲が良く見える？

確かに友達になってからちょっとはお互いに気を許したかもしれないけれど、桐島さんと護道の仲とは比べ物にならないだろう。実際、いまだに口喧嘩《くちげんか》は多いし。

「……麻衣ちゃんはさ、どう思ってるの？　護道のこと」

「え……？」

その問いかけに、すぐには答えられなかった。

私は、護道のことをどう思っている？

よく分からない。よく分からないけれど、よく分からないなりに考える。

前世では殺し合っていた敵だったけれど、今では大切な友達だ。

私を救ってくれた人。

私に、幸せを教えてくれた人。

私だけの、英雄。

一緒にいるとどきどきして緊張して、でもじんわりと幸せで、もっと触れ合いたいなとかちょっと思ったりして、横顔をぼうっと眺めていると世界でいちばんかっこよく見えて、私が何かやらかしても、仕方ないなって笑ってくれるのが……とっても、嬉しい。

この感情を、上手く人に伝えられる気がしなかった。
それなのに、私のそんな感情を見透かしたように桐島さんは言った。
「──ねぇ、麻衣ちゃん。それ、恋してる人の顔だよ？」
「え……？」
一瞬、どういう意味か分からなくて。
私が動揺している間に、桐島さんは鞄《かばん》から手鏡を出して私に向けた。
その鏡に映し出されているのは、頬から耳まで真っ赤になっている私の顔。
……恋愛系の物語で、主人公のことを想《おも》うヒロインが浮かべるような表情だった。
「護道のこと、好きなのね？」
そうやって明確に尋ねられると、否定……できない。
この感情の正体を探していて、けれど気づかないふりをしてきた。
ああ、それなのに気づいてしまう。見ないようにしてきた気持ちが溢《あふ》れてくる。
会いたいな。もっと一緒にいたいな。触れたいな。
ぎゅって、抱きしめてほしいな。もう一度……キス、したいな。
貴方《あなた》の、恋人になりたいな。
桐島さんに答えを突きつけられて、無意識に封じていた気持ちが解き放たれる。

——そんな自分に、私は失望した。

そうだ。認めるわけにはいかない。

恋をしていると認めたら、私は自分を許せなくなってしまう。

だって、護道は私に「友達になってくれ」と言った。

こんな私に手を差し伸べて、新しく温かい関係性を結んでくれた。

それ以上の関係を望むのは、私と友達になってくれた護道に対する裏切りだ。

優しい護道は口には出さないかもしれないけれど、きっと私の気持ちに気づいたら、迷惑に思うだろう。私の恋が原因で護道に気を遣わせるなんて、それだけはできない。

「違う……違うわ」

だから、首を振る。自分の感情を否定する。それしか選択肢がないから。

「私が、護道に恋なんて、ありえない」

断言すると、桐島さんはしばらく口を開かなかった。

私は俯《うつむ》いているから桐島さんの表情は見えない。今、どんな顔をしているのだろう。

急に強く反論してしまった。不快にさせてしまったのなら、申し訳ないな。

「……そっか。急に変なこと聞いて、ごめんね」

ぽつり、と桐島さんは呟く。

「私こそ、ごめんなさい。急に、強く言ってしまって」

「ううん、あたしが悪いの。……人の心を探るような真似《まね》、最低だよね」

桐島さんから、いつものような潑溂とした雰囲気がなくなっていた。

どうにか雰囲気を元に戻したくても、人間関係の経験が少ない私には正解が分からない。

謝るしか選択肢がなかった。けれど、桐島さんの元気が戻ることはなかった。

「……じゃあ、また、映画の日ね」

桐島さんは弱々しく笑って、私の前から姿を消す。

止めることはできなかった。

＊

バイトを終えて帰路に就くと、すでに日は沈んでいた。

時刻は午後八時。夏の太陽とはいえ、この時間まではもたないらしい。

涼しい風が髪をなびかせる。夏の夜だけは群馬の風の強さがありがたかった。昼間は単に熱風が吹き付けてくるだけなのでむしろ余計に暑いまであるが、夜は涼しい。

街灯の下、家までの道を歩く俺の手には、一枚のちらし。それは店の入り口に置いてあった花火大会のお知らせだった。先ほど、帰り際に川崎に持たされたのだ。

前橋花火大会。毎年、敷島《しきしま》公園近辺で開催されていて、いつも自転車で比奈と一緒に見に行っていた。家から自転車で二十分程度。椎名の家からは三十分程度だろうか。

日程は来週の土曜日。八月十三日。

確かにデートに誘う口実としてはちょうどいいかもしれない。

この前プールに行ったばかりなのに、早く会いたいなと思う。

夏休み中はあまり椎名に会えないから。

呪いの治療のために定期的に会ってはいるが、それでも週に数回だ。

学校があれば毎日会えるのに。

学校が恋しくなるなんて、初めての経験だった。

……なんだろう、椎名に会いたいと普通に思う自分が普通に恥ずかしい。

「よ、よし……」

俺は、スマホを取り出してＲＩＮＥを開き、椎名とのチャット画面を表示する。

どうやって誘おう。いきなり本題でいいのか？　今まで椎名にチャットを送る時、ごちゃごちゃ考えたことなんてないのに、なぜこんなに迷ってしまうんだろうか。

頭を働かせても、誘う文面が思いつかない。ええい、もう電話でいいか。

勢いに任せてＲＩＮＥ通話をかけると、すぐに繋がった。

「お、おう」

『……こんばんは。どうしたの？　急に』

椎名の静謐《せいひつ》な声音が耳に届く。

「いや、ちょっと聞きたいことがあって。お前、来週の土曜の夜って予定あるか？」

『来週の土曜？　来週の土曜に限らず、しばらくは特にないけれど』

「そ、そうか……」

嬉しいような、そうでもないような返答だった。

よし……俺は意を決して尋ねる。

「暇なら、一緒に花火大会に行こうかと思って……どうだ？」

『花火大会……そういえば、そんな時期ね』

椎名はそんな風に呟いて、少しの沈黙があった。

迷っているのだろうか。椎名が懸念するとしたら、やはり人混みか。

実際には一秒にも満たない沈黙の時間が、とても長く感じる。

『他には、誰か誘っているの？』

椎名の問いかけに答えるには、ちょっとばかりの勇気が必要だった。

「……いや、お前と、二人で行きたいなって思ってる」

この言葉に込められた意味に、椎名は気づくだろうか。

いや、人との関わりの経験値が少ない椎名には、難しい気もする。

緊張のせいか、気づいたら喉が渇いていたので手持ちのお茶を口に含む。
『二人で……デ、デートってことかしら？』
お茶を噴き出すかと思った。
ぜんぜん余裕（？）で俺の意図はバレていた。
「ま、まあ、あるいはそういう表現になることもあるかもしれないな」
動揺してよく分からないことを適当に口走る俺。
『そ、そうよね。違うわよね。ごめんなさい、勘違いしてしまって』
謝ってくる椎名だが、そもそも勘違いじゃない。
俺はお前をデートに誘っているんだ。二人きりで遊びたいんだ。
そう言いたいのに、俺の口から零れたのは「ああ」という曖昧な肯定だった。
『それなら、大丈夫よ。……うん、花火大会、一緒に行きましょう？』
「そ、そうか。よかった」
了承してくれたことは嬉しいけど、気にかかる言い回しだった。
でも、その違和感を突きつめる勇気はない。
それから俺たちは集合場所と時間を決めると、別れの挨拶を交わす。
「それじゃ、また当日な」
『そうね、楽しみにしているわ』

それまでは嬉しそうだった椎名の声が、次の瞬間、やけに硬質に響いてくる。

『──友達として、ね？』

何だか、釘《くぎ》を刺されたような気分だった。

でも、あの椎名がそんな迂遠《うえん》な表現をするわけがない。

だから俺は、自分にもまだチャンスはあるのだと信じていた。

＊

花火大会の日はすぐに訪れた。

午後三時までのバイトは上の空で、川崎に呆《あき》れられながらも何とかやり過ごし、いったん家に帰ってシャワーを浴び、服を着替える。いろいろ迷ったが、普通にシャツとジーンズという無難な恰好《かっこう》にした。甚平も考えたが、たぶん椎名は浴衣を着てこないだろう。

そもそも自転車で向かうだろうし、浴衣じゃ漕《こ》げない。花火大会の日は親に送り迎えをしてもらっているような浴衣女子はよく見かけるが、椎名は一人暮らしだからな。

この辺りは群馬の不便なところだった。電車も会場の近くは絶妙にない。

まだ集合時間まで一時間もあるのに、いてもたってもいられなくなって、俺は自転車を漕ぎ始めた。今日は、晴れているのに気温が高くない。外で過ごしやすい気候だ。

集合場所は、花火大会の会場となっている河川敷《かせんじき》の近くにある喫茶店にしておいた。
会場に近づくにつれて、徐々に人が多くなっていく。
人混みはあまり好きじゃないけど、この非日常感は嫌いじゃなかった。
やがて、集合時間の三十分前に喫茶店に到着。
分かってはいたものの、やっぱり早く着きすぎたな。
とりあえずコーヒーでも飲んで落ち着くか。
そう思っていた俺の後ろで、からからと下駄《げた》の音が近づいてくる。
振り向くと、まず目に入ったのは鮮やかな赤を基調とした浴衣だった。
「こんばんは、早かったわね」
髪型はいつもと違って、かんざしを使って後ろで巻いている。
口元には淡い微笑み。化粧もしているのか、いつもより輝いて見える。
どれをとっても新鮮さの塊で、思わず本音が口から零れた。
「……可愛いな、お前」
「は、はぁ……⁉」
みるみるうちに椎名の顔が赤くなっていく。
そんな表情も本当に可愛い。くそ、駄目だ。もう俺は末期だった。
何をやっても可愛いとしか思えない。

前世ではセリスに勝った俺だが、今世は完全に敗北を喫していた。

「じょ、冗談はいいから。それより、お店に入りましょう？」

「冗談じゃないが……てか、先に来たなら、入っていてくれてよかったのに」

「私も、ちょうど着いたのよ。早く着きすぎたと思っていたのだけれど」

椎名は俺の顔を見て、くすりと笑う。

何だその余裕のありそうな笑みは。こっちは緊張しているので普通にムカつく。

おかしい。あたふたしている椎名を眺めて、たまに手助けしてやるのが俺の立ち位置だったはずなのに、最近は俺のほうがあたふたしていた。これもすべて恋とかいう感情のせいか。

「てか、どうやってここまで来たんだ？　自転車じゃないだろ？」

俺は、せめて動揺を悟られないように振る舞う。

「タクシーよ」

そうだった！　こいつお金持ちだった！

タクシーなど平凡な高校生から出てくる発想じゃない。いくらかかるんだろう。

「流石に、普段は使わないけれど」

たまにはいいでしょう？　と椎名は微笑んでくる。

「浴衣だからか？」

「そうね。歩くには遠いし、仕方ないわ」

普段着なら自転車で来ただろうに、どうして浴衣なのか。

俺が椎名をじろじろ見ていたせいか、椎名は身じろぎして、自分の浴衣を見る。

「……変、じゃないわよね？」

「……さっき、可愛いって言ったろ」

「……そ、そうよね。ただ、浴衣を着るのなんて初めてだから」

「どうして、浴衣を着てこようと思ったんだ？　いや、俺は嬉しいけど」

……あ。と、気づいた時にはもう遅い。

「う、嬉しい、のね……そ、そう……ありがとう」

椎名は恥ずかしそうに呟いた。

頬が熱くなるのを感じる。まずい。油断していると本音が零れてしまう。

「と、『友達と花火大会』で調べたら、浴衣を着るものだって書いてあったから。慌てて用意してもらったのだけれど……もしかして、違ったかしら？」

「い、いや……絶対ってわけじゃないけど、着てくる人も多いよ」

そんな風に会話をしつつ、混雑している喫茶店で何とか席を確保する俺たち。

冷房が効いていて涼しい。

俺はアイスコーヒー、椎名はアップルティーを頼んだ。

店員に渡されたアイスコーヒーを一口飲む。舌の上に苦味が広がった。

椎名は意外そうに俺を見ている。

「貴方、ブラック飲めるの？」

「最近はブラックのほうが好きだな」

昔は砂糖を入れまくっていたが、最近は甘ったるく感じてしまう。

無糖のほうがコーヒーそのものの味を楽しめる。

「私は苦いのはあまり好きじゃないわ」

「そうだろうな。前世の頃から、甘いものばかり食べてただろ」

何気ない会話が心地いい。

時計をちらりと見る。まだ花火が始まるまで時間があった。

それまで露店を巡って時間を潰すのもいいが、椎名の体力を考えると、もう少し喫茶店で涼んでから向かうほうが良さそうだった。そのために喫茶店を待ち合わせ場所にした。

じゃあもっと遅くに集合すればよくない？　という冷静な思考は無視した。

早く椎名に会いたかったから。

少しでも長い時間、一緒にいたいと思ったのだ。

「……今日、晴れてよかったな」

「……そうね。花火が、綺麗に見えそう」

「……」

「……」

とはいえ、すぐに話題は尽きて、上手く言葉が出てこなくて、沈黙の時間が続く。

お互いに気まずさを誤魔化すように飲み物を飲んでいるので、コップから飲み物が消費されていくスピードが明らかに早かった。このペースだとすぐ空になりそうだ。

「……ね、あそこの女の子、めっちゃ可愛くない？」

「やば、マジでアイドルみたい」

沈黙のせいか、少し遠くできゃっきゃと話している女の子たちの会話も耳に届く。

「え、すっごい可愛い子いるんだけど……」

「うおお、マジか。ちょっと俺、告白してきていい？」

「今あんたの目の前にいるの自分の彼女だって知ってる？」

二つ隣の席に座っているカップルの会話も、よく聞こえてくる。

それ以外の視線も結構集まっていて、椎名は居心地悪そうに苦笑した。

「……もしかして、私の話かしら？」

「もしかしなくたって、明らかにそうだろ」

いくら自分に自信がない椎名とはいえ、ここまで露骨に噂《うわさ》されていると流石に分かるらしい。まあ、明らかに可愛すぎて目立っている。世界でいちばん可愛いかもしれない。

「あまり慣れない視線ね」

「意外だな」

「悪意や恐怖を感じられたら、安心できるのだけれど」

「なかなか闇が深いな。どう考えたってそっちのほうが嫌だろ」

「好意を感じる視線って、何だか期待を押し付けられてるような気分になるわ」

分からないでもなかった。椎名は俺を見て、微笑む。

「貴方の気持ちが、少しは分かった気がするわ」

前世の俺は、期待や希望の視線ばかりが向けられていた。

そのことを言っているのだろう。確かに、重く背中に纏《まと》わりつくような感覚だった。

「悪意ある視線は、気にしなければいいだけだから」

だからと言って、その考え方も麻痺《まひ》していると思う。

悪意を向けられたら、傷つくのが普通の人間だ。慣れていいものじゃない。

「この世界には、お前に悪意を向ける人間なんていないぞ」

「そうかしら？　現実的に考えて、人間には好き嫌いがあるでしょう？　私のことが嫌いな人間はいると思うわ。今のところ、私の周りにはいないかもしれないけれど」

急に正論を言う椎名だった。

「今、私の周りにいてくれるのは……優しい人ばかりだから」

「まあ、それもそうだな。大切にしてやれよ」

大切にすれば、大切にしてくれると思う。

そう伝えると、椎名は目をぱちぱちと瞬《まばた》かせてから、

「ええ、そうね。この温かさを知ってしまったら、またひとりに戻るのは怖いわ」

ふわりと、蕾《つぼみ》が花開くように微笑した。

「……ひとりにはさせねえよ」

「本当？　……ずっと、私の友達でいてくれる？」

その言葉には、頷けなかった。友達のままではいたくないから。

「二度とお前を、ひとりぼっちになんかさせやしない」

だから、言い回しを変えて誤魔化す。

「それは、約束かしら？」

「……ああ、約束だ」

俺は頷いて、手を指切りの形にした。

椎名はおそるおそるといった調子で、小指を絡ませてくる。

なぜか泣きそうな表情だった。

俺は「指切りげんまん」と唱え始める。

椎名は、ぽつりと呟いた。

「……嘘《うそ》ついたら地獄に落とすわ」

「重すぎない？」

と俺は言ったが、そもそも針千本飲ます時点で相当重かった。

「冗談よ。──地獄に落ちるのは、私だけでいい」

「……そ、そう」

「それだけは許さない。必ずお前を、地獄から引きずり上げてやる」

「……」

「……」

「……こ、こほん！」

露骨に咳払いして気まずい空気を誤魔化し、「指切った」と絡ませた小指を離す。

日本のまじないを唱えるなんて、俺もだいぶこの世界に染まってきたな。

椎名は、そんな俺の気持ちを見透かしたように言った。

「別にいいでしょう？　今の私たちは、ただの高校生なのだから」

＊

喫茶店を出ると、空は黄昏《たそがれ》色に染まっていた。

もうすぐ日が落ちる。それと同時に、雑踏を行き交う人も増えていく。

浴衣の椎名と並んで、花火大会の会場まで歩く。

野球のグラウンドや公園がある河川敷の通りに、屋台が並んでいた。

多くの人が通りを行き交い、そのさまを灯籠が照らしていて、雰囲気が出ている。

「人がいっぱいいね」

「嫌か？」

「たまには、こういうのも悪くないわ」

……たまには、か。先日のプールの時も、人はいっぱいだった。

椎名なりに気を遣っているのかもしれない。次は、静かなところに誘うか。

そんなことを考えている俺に、椎名は問いかけてくる。

「花火、楽しみね。いつ始まるのかしら？」

「んー、まだ時間あるな。屋台で適当になんか食って時間潰そうぜ」

そう伝えると「確かにお腹《なか》空いたわ」と、お腹をさする。

下駄のせいか少し歩きづらそうにしているので、歩くペースを落とした。

いざ周りを見渡すと、予想以上にカップルが多い。家族連れや、友達グループで来ている学生もいるが、少なくともこの辺りはカップルばかりで、みんな手を繋いでいた。

……隣を歩く椎名の手を見る。

小さな椎名の手は、今はまだ空いていた。

いやいや、付き合ってもいないのに、それは段階を飛ばしすぎだろう。

何を考えているんだ。落ち着け俺。

「私、こういうお祭りに友達と来たの、初めてよ」

一方、椎名は楽しそうに歩いている。今にもスキップしそうなテンションだった。

……友達と、か。もちろん友達になろうと言ったのは俺なんだけど。

くそ、失敗した。あの時どさくさに紛れて恋人になれと言っておけばよかった！　あるいは椎名も雰囲気に流されて頷いていたかもしれない。いや、ないか。ないな。

「私、あれ食べたいわ。わたがし！」

はしゃぐ椎名は屋台のおじさんにお金を払うと、手渡されたわたがしのサイズを見て目をきらきらと輝かせていた。おじさんも微笑ましそうにしている。

小学生かな？　とは思ったが、ここは野暮なことは言わないほうがいいだろう。

わたがしをぺろぺろと舐《な》める椎名は可愛い。

サイズが大きすぎて苦戦しているが、それでも楽しそうだった。

「美味《おい》しいわ！　甘い、甘いわ！」

「そりゃ甘いだろ。砂糖の塊なんだから」

「そ、そうよね。太るかしら？」

「こんな時ぐらい、気にせずに楽しめよ。ちょっとぐらい太ったたって……」

十分可愛いだろ、という言葉は何とか呑《の》み込《こ》んだ。あ、危ない。今日は軽率に可愛いと言いすぎてしまう。実際可愛いから仕方ないけど、あんまり言うのも恥ずかしい。

「ちょっとぐらい太ったたって？」

きょとんと、椎名は俺の言葉の続きを待っていた。

「べ、別にいいだろ」

適当に誤魔化すと、椎名はムッとした感じで反論してくる。

「よくないわよ。容姿まで悪くなったら、私の取り柄が全部なくなるじゃない」

「自分が可愛いって自覚はあるんだな」

「う、うるさいわね！　あれだけ噂されたら流石に分かるわよ！」

結局可愛いと言ってしまう俺だった。椎名は恥ずかしそうに言い訳する。

いったん落ち着こう。

今日は何だか空回りしている。

……よし、俺も何か食べるか。腹も減ったからな。

「焼きそばでも食うか」

そう呟くと、椎名は周囲の屋台をきょろきょろと見回す。

「私はお好み焼きにしようかしら」

「まだ食べるのか。太るぞ？」

「わたがしでお腹が満たされるわけないでしょう！」

椎名はうがーっ！　と反論してから、背を向けてお好み焼きの屋台のほうに向かう。

俺も焼きそばを買うために一度別れ、再び合流する。

「どこで食べようかしら？」

「花火もそろそろ始まるし、適当にスペース確保するか」

通りの脇に広がる草地には、すでに多くの人がシートを敷いて座っている。

一応シートは持ってきているし、空いている場所をいただこう。

そんな感じで、混んでいない場所を探しながら歩いていると、椎名が足を止める。

「……あ」

「どうした？」

椎名の視線の先を追うと、そこにいたのは信二と優香だった。

距離が近い。というか、よく見ると手を繋いでいる。何なら恋人繋ぎだった。

俺たちの存在に気づいた優香は、ばっ、と凄《すご》い勢いでその手を離す。

「ご、護道たちも来てたんだ。奇遇だね？」

と、優香は真っ赤な顔で視線を右往左往させながら話しかけてくる。動揺しすぎだろ。

その隣で信二は肩をすくめた。いや、お前はお前で何でそんなに冷静なんだよ。

「こ、こんばんは」

椎名はぺこりと頭を下げる。

それから、二人を交互に見て、小首を傾げる。

「……二人は、付き合っているの？」

直球だった。優香の誤魔化しを無視するあたり、流石すぎる。

「あ、あはは……変なこと言わないでよ。付き合ってないよ……まだ」

まだ、の声だけ小さくて、苦笑する。何だこいつ。可愛いかよ。

「そうなのか？」

からかうように言う信二。

まあ実際、恋人繋ぎしているのに付き合ってないってどういうことだよ。

「し、信二は黙ってて！」

物理的に信二の口を塞ごうとする優香。だが、信二はひらひらといなしていく。

いつものやり取りだった。

こほん、と優香は咳払いして、別の話題を始める。

「それより、麻衣ちゃんの浴衣可愛いね？」

「そ、そうですか？」

「わたしも浴衣着てくれればよかったな。二人で写真撮りたかったね」

「浴衣じゃなくても……せっかくだから、記念に」

と、椎名はスマホのカメラを起動する。

優香は「いいね」と微笑んで、二人仲良く写真を撮っていた。

そんな仲睦《なかむつ》まじい姿を眺める俺と信二。

「いつからだ？　最近はより仲いいなとは思ってたけど」

「夏休み中だよ。ずっと俺のことが好きだったくせに、ようやく勇気を出したらしい」

自信に満ちたその態度は、いかにも信二らしい。

まあ確かに優香は、誰が見たって信二のことが好きだったけど。

「……なのに、まだ付き合ってないのか？」

「俺が、まだ返事をしてないからな」

「……返事してないのに恋人繋ぎはするのか？」

「今日、返事するさ。いろいろ考えたけどな、やっぱり俺はお前が好きだって」

いつもへらへらと笑っている信二の、珍しく真剣な表情だった。

無駄に顔が整っているせいで、真剣な表情がサマになるのがムカつくな。

「そうか」

「お前は？」

頷いた俺に、信二は尋ねてくる。

「今日、比奈はどうした？　いつも花火大会一緒だったろ？」

「椎名を誘った。その話をしたら、あたしは友達と行くから気にしないでって」

別に約束しているわけじゃないが、何だかんだいつも一緒に行っていたので、比奈には椎名と行くことを伝えておいた。だが、比奈は元々友達と行く予定だったらしい。

自意識過剰だったのだろうか。

比奈には、頑張ってね、と言われた。

俺の気持ちを、見透かされているのかもしれない。

「そうか」

信二は通りの端にある柵に腰かけて、手元のラムネを開けた。

からん、とビー玉が音を鳴らす。

「いいんだな？」

信二が言わんとすることは、俺も何となく分かっていた。

恋という感情を知ったことで、自分に向けられるそれにも気づきつつあった。

「今年は友達と行くなんて、本気だと思ってるわけじゃないんだろう？」

「……少なくとも、いつも通りの笑顔じゃなかった」

まるで練習でもしてきたかのような、作り物めいた笑みだった。

「……お前、椎名麻衣が好きなんだな？」

「……ああ」

頷くと、ラムネに口をつけながら、信二は夜空を仰ぐ。

とっくに日は落ち切っていて、雲ひとつない満天の星が広がっていた。

「だったら、言うことはねえよ」

信二は俺の傍から離れると、椎名とじゃれ合っている優香のもとに向かう。

「行くぞ。そろそろ花火が始まるからな」

「え、え、え……？　あの、ちょっと」

さらっと優香の肩を抱く信二。

動揺して身を硬くする優香と、それを見て顔を赤くする椎名。

「護道、椎名、また遊ぼうぜ」

一方、信二はそんな反応など気にもせず、そのまま優香を連れて去っていった。

普段は信二にガミガミ言っている優香が、今日はされるがままだった。

椎名はそんな信二たちの後ろ姿を興味津々に眺めている。

「……す、すごいところ見ちゃったわね？」

「そうだな。まあ、あの二人は時間の問題だったからな」

「そ、そう……私、まったく気づかなかったわ」

まあ椎名は転入してきて、まだ日が浅いから仕方ないだろう。

「それより、信二の言う通り花火が始まるぞ」

俺たちは慌てて草地にスペースを確保し、シートを敷いてその上に座る。あまり大きくないものを持ってきたせいか、椎名と肩が触れ合うような近さになってしまった。

焼きそばを食べながら、ちらりと椎名のほうに目をやる。

はふはふと息を吹きかけて冷ましながら、お好み焼きを食べる椎名。

俺の視線に気づくと、「あ、あんまり見ないでくれる?」と照れながら顔を背けた。

仕方がないので自分の焼きそばに集中する俺だったが、ふと視線を感じて横を見ると、椎名がぼうっと俺の顔を見ていた。目が合って、椎名はすすす、と目を逸らす。

そんな横顔を見ていると、また椎名がちらりと俺を見て、目が合って、逸らした。

何だこれ。よく分からないけど、居心地は悪くなかった。

がやがやとした周囲の喧騒《けんそう》が妙に心地いい。

喋《しゃべ》らなくても満たされている感覚だった。

それからお互いに食事を終えて、椎名は自販機で買った緑茶で喉を潤している。

こちら側の地面についている椎名の手に、俺は自分の手をそっと重ねた。

びくりと、椎名が肩を揺らす。

それから、おそるおそる俺に目を向けた。

「な、ななな、何よ? どうしたの?」

その通りだった。衝動に任せて何をしているんだ俺は。

「あ、え、えーと、あれだ。呪いの治療。せっかくだしやっておこうかと」

「こんなところじゃ、集中できないでしょう?」

「そうだな……」

何とか捻《ひね》りだした理屈に、どうしようもない正論で返される。

それでも手は離れなかった。椎名の手もまた、その位置から動かなかった。

なぜか悲しそうな顔をした椎名が、何かを言おうとした。

最初の花火が打ちあがったのは、その瞬間だった。

二人して、夜空を仰ぐ。

暗い夜空に、一筋の光が昇っていく。

どん、と音を鳴らして、大きな火花が散った。

今にも火の粉が降りかかってきそうなほど近くに感じられた。

わぁぁ、と周囲の歓声が聞こえる。ぱちぱちと拍手の音も聞こえた。

夜空に大きく咲いたその光は一瞬で儚《はかな》く消えて、辺りはしんと静まり返った。

「綺麗……」

ぽつり、と椎名が呟く。

頬を緩ませながらも、どこか泣きそうな顔で。

それから一気に、休む間もなく花火が打ちあがっていく。

どん、どん、と音を鳴らして、そのたびに周囲から歓声が上がる。

何発もの花火が夜空を彩るさまは、きっと綺麗なのだろうと思った。

だけど俺は、花火を眺める椎名の横顔から目を離せなかった。

＊

気づいたら、断続的に鳴っていた音が消えていた。

椎名から目を離すと、最後の花火が夜空に散っていくさまが見えた。

結局、花火を見たのは最初と最後だけだった。でも、後悔はしていない。椎名の隣で過ごす時間は、確かに価値のあるものだった。だから俺は今日に満足していた。

椎名は、どうだろうか。

今日のこの時間を、幸せだと思ってくれているだろうか。

そう思って、もう一度椎名のほうを向いた俺が目にしたのは、頬を伝う雫《しずく》だった。

目尻から零れた水滴が、地面に滴り落ちていく。

椎名麻衣は、泣いていた。

「……椎名？」

「……手、どかしてくれる？」

椎名の手に重ねていた手を持ち上げる。

掌には椎名の体温がまだ残っていた。それぐらい長い時間、手を繋いでいた。

それから、ふるふると椎名は首を振る。

「駄目よ。私たち、友達でしょう？　手を繋ぐような仲じゃないわ」

椎名の言葉はどこまでも正しかった。

信二たちとは違う。俺たちに、手を繋ぐ理由はない。

「……勘違いしそうな真似は、やめて」

椎名はそう言って、俺から少しだけ距離を取った。

貴方を裏切りたくないの、と涙と共に呟きが零れた。

花火の余韻に浸る人々の中で、俺たちだけが浮いているようだった。

「……ごめんな」

「……いえ、謝ることじゃないわ」

それからは、ずっと上の空だった。

どんな顔で椎名とやり取りをしていたのかも分からない。

兎《と》にも角《かく》にも、花火を見るという目的は終えた。

だから椎名はタクシーを呼んで、俺は駐輪場に停《と》めておいた自転車で帰宅した。

勇気を持って誘ったデートだったが、結末は最悪だった。

俺は椎名に、距離を詰めることを拒絶された。友達だと再確認された。

それはつまり友達としては好きだが、恋愛はできないという意思表示だろう。

俺は椎名にフラれたのだ。

その現実を認識するまで、数時間は必要だった。

＊

エンドロールが流れ始める。

周囲からは、感動しているのか、すすり泣く声がいくつか聞こえる。

今最も勢いがある恋愛映画と言われるだけのことはあるのだろう。非常に完成度が高く、主役二人のキャラもいい。でも、今の私の心にはどこまでも空虚に響いた。

館内が明るさを取り戻し、徐々に静寂が破られる。

「よかったねー」

と、ニコニコしながら語るのは新藤さん。

一方、桐島さんはまともに言葉も喋れないほどぼろぼろに泣いていた。

「うん、うん……すっごい、よかった……」

嗚咽《おえつ》混じりの声を聞いて、新藤さんが苦笑する。
「はいはい、いったん落ち着いて。ほら、ハンカチあるから」
ハンカチで涙を拭く桐島さん。私も、普段なら同じぐらい泣いていたかもしれない。
それぐらい感動的で質の高い映画だった。問題は、私の心にあるのだろう。
まるで檻《おり》の中から、自分自身を眺めているような感覚だった。
原因はきっと、花火大会の日にある。
あの日、護道と二人で、手を繋いで花火を眺めて。
嬉しくて、楽しくて、幸せで。
どうしようもなく貴方が大好きだと気づいてしまって。
これ以上気持ちが大きくなる前に、無理やり自分の気持ちを封じ込めた。
すべてを空虚に感じるのは、その後遺症のようなものだろうか。
「……ちょっと泣き疲れたわ」
目を腫らしてぐったりする桐島さん。
新藤さんは仕方ないなぁと肩をすくめる。私も苦笑した。
その感受性の豊かさは羨ましいけれど、今の私には必要のないものだろう。
「とりあえず、どっかでちょっと休憩しようよ」
新藤さんの提案に、私も桐島さんも反対する理由はなかった。

＊

ショッピングモールに併設された映画館なので、ちょっと歩けばすぐにフードコートに辿《たど》り着《つ》く。夏休みのせいか、席は多くの学生で埋まっているが、私たちは何とか窓際の一角を確保した。私は喉が渇いたのでお茶を買ってきたが、桐島さんと新藤さんは仲良くクレープを買っている。映画を観る前、お昼ご飯をガッツリ食べたのに……。

なぜか逆鱗《げきりん》に触れそうな予感がしたので、あえて何も言わないことにした。

「んー、美味しい！　映画も面白い！　夏休みは最高！」

桐島さんはとても楽しそうにはしゃいでいる。

「でも比奈、明日からまた毎日部活三昧なんでしょ？」

「ちょっと！　思い出させないでよ！　忘れようとしてるの！」

「あはは、部活のある人は大変だねー。麻衣ちゃんとわたしは帰宅部仲間だ」

新藤さんがにこりと笑いかけてくる。

「そうね。バイトもしていないから、毎日読書してるわ」

「偉いなぁ。わたしは友達と外で遊んでばっかりだよ」

いつも穏やかな喋り方で、私の緊張を解《ほぐ》してくれる新藤さん。ありがたいなぁ。

「……嘘。本当は、ごろごろしてる時のほうが多いわ」

「あはは、わたしも。布団の上でミーチューブ見てたら一日終わってる」

分かる、と新藤さんと頷き合う。

桐島さんは「ぐぎぎぎ」と悔しそうに呻《うめ》いていた。

「でも陸上、やめないんでしょ？」

「……うん。まあ、楽しいし、勝ちたいから」

そう語る桐島さんの声は普段より少し低く、真剣に感じられた。

「かっこいい」

思わず本音を零すと、桐島さんは「や、やめてよ」と照れたように顔を背ける。

「か、可愛い……」

「ちょ、やめてってば！」

「あはは、麻衣ちゃんも比奈のいじり方が分かってきたなー」

「ただ本音を言っているだけなのだけれど……」

「お、追い打ち！」

と、銃を撃たれたかのようなリアクションをする桐島さん。

急な挙動に私がきょとんとして、新藤さんが穏やかな目で桐島さんを見つめると、なぜか桐島さんは赤い顔でゴホンゴホンと咳払いして、露骨に話を逸らした。

「てか、そういう優香だって、塾で忙しいんじゃないの？」

「いやいや、週に三回ぐらいだし、学校に比べたら全然だよ」

「……新藤さんは、塾に通っているの？」

「まあねー。わたしたちも二年生だし、夏休み終わったら二学期だからさ。そろそろ受験のこと考え始めてもいい時期かなーって。とりあえず塾に通って勉強した気になってる」

「それ典型的な駄目なパターンじゃん！」

桐島さんは突っ込んでいるが、新藤さんのことだから冗談で言っているだけで、実際にはきちんと毎日勉強しているのだろう。凄いと思う。

私は、受験のことなんかまったく考えていなかった。

というより、自分の将来なんて、まともに考えたことはほとんどなかった。

私は幸せにはなれない。魔女は幸せになってはいけないのだから、考える意味などないと思っていた。けれど、どうやら私は幸せになってもいいと知った。

護道が、私に教えてくれた。あの時のことを思い出すと、また胸が痛くなる。

将来のことを考えてもいいのだろうか。幸せになる方法を探してもいいのだろうか。

そう思って、私は、私が最も幸せだと思う光景を想像する。

とても簡単だった。それは心の奥底に封じた願いを、呼び起こすだけなのだから。

それは、護道と私が一緒にいる光景で、恋人として接している姿だった。

「……麻衣ちゃん？」

桐島さんの心配そうな声で、はっとする。

「大丈夫？　なんか、苦しそうな顔をしているように見えたけど」

新藤さんも、気遣わしげな表情で私を見ている。

「ごめんなさい。ちょっとお手洗いに行ってくるわ」

なんとか笑顔を取り繕って、その場を離れる。

元の状態を取り戻すには、もう少し時間が必要だった。

＊

トイレ脇のベンチに座り、大きなため息をついた。

考えすぎて、ぐちゃぐちゃになった感情が段々と冷えていく。

……もう少し、もう少しで、元の状態に戻る。

この溢れ出しそうな気持ちを、檻の中に封じ直すことができる。

魔女の私は、感情を凍り付かせることが得意だった。

けれど、その直前で。

「……麻衣ちゃん」

声をかけてきたのは、桐島さんだった。

「ごめんなさい、心配かけて」

「ううん。謝ることじゃないわよ」

桐島さんは優しい声音でそう告げると、私の隣に座る。

「今日は、ずっと上の空ね」

気づかれていたとは、思わなかった。

「責めてるわけじゃないの。……ただ、気になって。護道と、何かあったの？」

思わず息が詰まる。その一瞬の沈黙が答えを示していた。

「花火大会の日、護道と一緒にいたのよね？」

「……そうよ。護道から聞いたのかしら」

「毎年あたしと一緒だからか、律儀に説明してきたわよ」

……護道はどうして、桐島さんに説明してまで、私と二人を選んだのだろうか。

理由はよく分からないけれど、少なくとも私の浅ましい願望の通りではないだろう。

「……別に、語るほどのことは何もなかったわ」

ちょっといい雰囲気になったように感じて、そうやって浅ましい願望を抱いてしまう自分に失望して、無自覚に私を期待させる護道に、私たちの関係性を再確認しただけ。

護道とは、友達でいよう。友達でいるんだ。

『――俺の、友達になってくれ』

だって、確かにあの時、あの言葉は私を救ってくれたのだから。

護道が提案してくれた関係を、手を差し伸べてくれた理由を、大切にしたい。

だから、護道と恋人になりたいなんて傲慢な願いは捨てるしかない。

「……そう。護道は、失敗したのね」

「……失敗って、どういうことかしら？」

桐島さんの発言の意味が分からず、私は小首を傾げて尋ねる。

しかし、桐島さんは驚いたように目を瞬かせる。

「もしかして、気づいてないの？」

「……？」

謎すぎてさらに首が傾げられ、体の角度まで傾く。脇腹が痛い。

そんな私の態度を見て、桐島さんは「うーん」と、顎に手を当てて考えた。

「あたしの口から伝えるのはどうかと思うから。今は黙っておくわ」

「……気になる言い回しね。そこまで言ったなら、言ってくれてもいいのに」

「ごめんね。てっきり、もう少し状況が進んでいるのかと思って」

またしても、よく分からない言葉。

私の知らない護道を知っているような桐島さんの言動に……正直、少しだけ苛立《いらだ》たしくなって、それよりはるかに大きな不安に襲われる。……怖いと、そう思った。

「……桐島さんは、護道のことを、どう思っているの?」

ぽろりと、言葉が零れる。

どうしてそんな問いかけをしたのか、自分でも分からない。

けれど、何度同じ状況になっても、同じ問いかけをするような気がした。

僅かに沈黙があった。

桐島さんはどこか寂しげに見える微笑みを浮かべる。

「……それは、どういう意味で?」

「どうって……」

……私は、何を聞こうとしている?

答えは明らかで、でもその事実が示すものに、私は気づきたくなかった。

「恋愛的な意味?」

桐島さんの問いに、私は口をぱくぱくさせる。上手く言葉が出てこなかった。

「どうして、そんなことを聞くの?」

「私は、ただ、気になって……」

「でも、麻衣ちゃんは護道に恋なんて、ありえないのよね?」

それは確かに、私が言った台詞だ。

花火大会の前、桐島さんと会った日。私は桐島さんの言葉を否定した。
「……ありえないわ。そう、その通りよ」
だから、桐島さんに聞いてしまった理由はただの好奇心だ。
それ以外の理由なんてない。そのはずだ。そうでなければ理屈が成り立たない。
「それなら……」
そこで、桐島さんの言葉が途切れる。
桐島さんは、珍しく言葉を続けることを躊躇《ためら》っていた。
どうしたんだろう。
そう思って顔を上げると、桐島さんは真剣な顔で私を見ていた。
「……あたしが、護道と付き合ってもいいの？」
呼吸が止まるかと思った。
その光景を想像すると、とても胸が苦しくなった。
それでも、どう考えても、お似合いの二人なのは間違いなかった。
桐島さんは護道の隣に相応《ふさわ》しい人だった。
護道に支えられてばかりの私と違って、桐島さんは護道を支えてあげている。
生まれてからずっと幼馴染で仲が良くて、護道もそんな桐島さんに心を許している。
そんな二人が結ばれるのなら、素晴らしいことだと思った。

「……うん、大丈夫よ」

私は、護道からたくさんの幸せをもらった。

だから、もらった分だけ、護道を幸せにしてあげられたらいいなと思っていた。

でも、私なんかよりもずっと、桐島さんのほうが護道を幸せにしてくれる。

だったら、それがいちばんいい。

物語のハッピーエンドに決まっている。

そんな風に考えをまとめた私に対して、

「さっきの質問の答え、だけどね」

桐島さんはなぜか、今にも泣きそうな顔だった。

だけど、涙だけは決して流さず、強い声音で断言する。

「──あたしは、白石護道のことが好きだよ。世界中の誰よりも」

分かっていたつもりだった。

それでも、桐島さんのその言葉は体を斬られた時よりも痛く感じる。

だけど、耐えなければ。この痛みは、こんな気持ちを抱いてしまった私への罰だ。

「……ごめんね、麻衣ちゃん」

桐島さんは声を震わせながら、なぜか謝ってくる。

どうして、貴女《あなた》がそんな顔をするの？　どうして、私に謝るの？

分からない。分からないけれど、私のせいで桐島さんが報われないのは嫌だ。
だって桐島さんは私なんかよりもずっと長く、護道のことを想っている。
だから私は、「頑張って」と、桐島さんの背中を押した。

＊

――首を斬られた直後の、英雄の死体がそこにあった。
否。それは、英雄だったはずの男。魔女に誑《たぶら》かされた裏切り者の末路だ。
どうやら街の広場に作られた処刑台で、首を落とされたらしい。
下手人は教会の人間で、多くの群衆がその光景を見ていたようだ。
おそらく熱狂していたのであろう広場が、突然の私の登場で静まり返っている。
英雄の死を知らされて、祈るような思いで転移魔術を使った。
けれど、何もかもが遅かったらしい。
「本当に、愚かな人……」
呟いてから、口端《くちのは》に血が流れた。
脇腹に深く刻まれた傷から、濁流のように血が溢れ出している。
……私も、もう助からない。

英雄の死を知った動揺の隙を突かれて、致命傷を負ってしまったから。

慌てて私を捕縛しようとした衛兵も、私の傷を見てその足を止める。なぜまだ生きているのかと、その表情が告げていた。恐ろしいものを見るように、皆が私を見ている。

誰もが私を見ていて、誰も動かない世界の中で、私は英雄の隣に膝をついた。

結局、彼の人生は、最後の最期まで不幸なままだった。

すべて私を助けようとしたせいだ。あの時、選択を間違えなければ、彼はいずれ幸せになれたかもしれないのに。けれど、謝りはしない。私が望んだわけではないから。

こんな私では、貴方を幸せにすることはできない。

貴方にも、私のような魔女を幸せにすることはできなかった。

それでも、一緒に不幸になることぐらいはできる。

徐々に、意識が薄れていく。私は英雄の死体の隣に倒れ込んだ。

英雄が流した血の海を、私が流す血の海で覆っていく。

「……せめて貴方の来世が、幸せなものでありますように」

私は最期の力を振り絞って、英雄に転生魔法を施した。

前世の記憶は、そこで途切れていた。

それが、彼と私の結末。物語のバッドエンド。

——隣を歩いてくれた人を不幸にすることしかできない、魔女の末路だった。

第三章　初恋の終わりに

夏休みが終わって、二学期が始まった。

教室に入ると、すでに席に着いていた椎名《しいな》と目が合う。

「……よう」

「……おはよう」

声をかけると、控えめに頭を下げてくる。

挨拶を終えると、椎名は手元の小説に目を落とした。それ以上の会話を拒むように。

花火大会の後から、椎名はずっとこんな感じだった。

俺と必要以上のやり取りを避けている。

呪いの治療がある関係で、定期的に椎名と会ってはいるが、そこでも義務的なやり取りをするだけだった。気分は完全に医者だ。仕事のように治療している。

どうにかしたい気持ちはあるが、フラれたばかりの俺はあまり強く出られない。

せめて前と同じように戻れたらと思うが、今しばらく時間が必要だろうか。

恋は友情を破綻させる。物語では聞き飽きたような言葉だが、俺は初めてそれを体感していた。正直、だいぶ後悔している。一緒にいられるだけでもよかったはずなのに。

椎名の横顔を眺めながら頬杖《ほおづえ》をついていると、背中をばしんとはたかれる。

「おはよっ！　なーにしけた顔してんのよ？」

今日も比奈《ひな》は元気だった。痛いから手加減してほしい。

「おう、単に眠いんだよ。夏休み中は生活リズム狂ってたからな」

「はぁ、これだから帰宅部は。つまり自堕落な生活をしていたわけね？」

「……まあな。バイトはしてたけど」

比奈の問いかけに頷《うなず》く。

椎名に失恋してから眠れない夜が続いて、生活はどんどん夜型に寄っていった。バイトの時間帯も夕方から夜だったからな。

そのおかげで今日は寝不足だ。生活リズムを戻すのって難しいんだな……。

「あたしなんて毎日六時起きだったわよ」

「部活って冷静に考えるとやってることやばくない？　休日だぞ」

などと適当に返事をすると、「確かに……」と、比奈はこの世の真理に気づいたような顔で考え込んでしまった。そこに気づくと帰宅部の道に近づくからやめておけ。

「比奈、久しぶりー」

「あ、美鈴《みすず》！　やっほー！　うわ、めっちゃ焼けたね！」

「海に行ってきたんだ！　てかてか、聞いてよ。彼氏がさ――」

クラスの女子に声をかけられた比奈は俺に背を向け、そちらとの会話に興じる。

そのすらりとした背中を何となく眺めた。背がちょっと伸びたか？

何気に、比奈と会うのは久しぶりだった。

夏休みにここまで会わないなんて、今までなかったような気もする。

まあ俺は失恋の悲しみを遠ざけるためにバイトを詰め込んでいたし、比奈も陸上の部活で忙しいようだった。仕方ないことではあるが、これまで比奈は俺のスケジュールを掴《つか》んで、家まで訪ねてくることが多かったから、それがなかったのはちょっと寂しくはあった。

せいぜい水着を買いに行った時ぐらいか。あれも結構前だな。

そんなことを考えながら自席でぼうっとしていると、

「よう、元気か？」

「おはよう、みんな」

教室の後ろの扉から信二《しんじ》と優香《ゆうか》が仲良く登校してくる。

心なしか距離が近かった。花火大会の時の宣言通り、もう付き合っているのだろう。

信二は夏休み前と変わらず、俺の前席に座る。

一方、優香は比奈たち女子グループと合流して、久々の再会を喜び合っている。

ちらちらと視線を感じるのは、正確には俺じゃなくて信二へのものだ。

優香はみんなにいじられているのか、顔を赤くしている。

信二は女子勢に向かって親指を立て、慌てる優香がさらに囃《はや》し立《た》てられている。

「おめでたいことで」

俺がそう言うと、信二は珍しく子供みたいに素直な笑みを浮かべた。

「そうだろう」

ま、眩《まぶ》しすぎる……。これが幸せオーラなのか？

失恋した俺にはあまりにも大敵すぎる。

「お前は？」

「……ご想像にお任せしよう」

信二の問いかけに、目を泳がせる。

「へぇ、フラれたのか」

信二の眉が意外そうにぴくりと持ち上がった。

「へぇ、じゃねえんだよ。こっちは甚大なるダメージを受けてるんだぞ……」

信二は自席で小説を読んでいる椎名と俺を見比べる。やがて俺の肩に手を乗せた。

「どんまい」

「棒読みの慰めありがとう」

そんなやり取りをしていたら教室に先生が入ってくる。

「席に着けお前ら、朝礼始めるぞー」

退屈な一日が始まる。

早くも夏休みが恋しい。

夏休み中は早く学校が始まってほしいと思っていたけど、そう思っていた理由を失ってしまったのですでに帰りたい。正直、今の椎名と話しても気まずいだけだ。

……まあ、会えること自体は嬉《うれ》しい。嬉しいと、思ってしまうんだけどさ。

「いまだに夏休み気分でだらけている諸君、ビシバシ行くから覚悟しといてくれ。それとさっそくで悪いんだが、球技大会の日が迫ってる。後でメンバーを決めてもらいたい」

教壇で、先生がそんな話をしている。

球技大会か、そういえばそんなイベントもあったな。

去年は信二と校舎裏でサボっていたら終わった気がする。

……球技大会で活躍すれば、椎名にいいところを見せられるだろうか。

……いやいや、今更ちょっといいところを見せたところで、俺に希望はないだろう。

「やる気でねー」

はぁ、とため息をつく。

とはいえ、いつまでも落ち込んでいても仕方がない。

夏休みも終わったことだし、切り替えよう。

もう、椎名への気持ちは諦めるんだ。

終わった恋に執着しても、椎名に気を遣わせてしまう。

「……よし」

まずは、椎名と普通の友達としての関係性を取り戻そう。

目標を決めた俺は、椎名の席に向かった。

＊

もう護道《ごどう》への気持ちは諦める。もう護道への気持ちは諦める。

念仏のように繰り返しながら、私は小説を読むふりを続ける。ページを捲《めく》る手は一向に動かなかった。ふとした時に護道のほうを向きそうになる顔を、鉄の意志で押し戻す。

夏休み中、しばらく護道と会わなければ、この気持ちも薄れていくだろうと楽観視していた私だが、呪いの治療がある都合上、どうしても定期的に会う必要があった。

それを、心のどこかで、喜んでいる私がいて。

自分の愚かさに愕然《がくぜん》としてしまった。

「私たちは友達、私たちは友達……私たちは、友達……」

今度はぼそぼそとそんな呟《つぶや》きを繰り返していたタイミングで、

「おーい」

耳元で急に護道の声が聞こえてきて、びっくりして飛び上がってしまった。

「ひゃあっ⁉」

「うおおっ⁉　どうした急に⁉」

私の声に驚いたのか護道も飛《と》び退《の》く。

慌てすぎたあまりに手元の小説を上に跳ね上げてしまう。

床には落としたくない。届け、と手を伸ばしたら、ぐらりと体勢を崩す。

──あ、転ぶ。

と、思ったのも束《つか》の間《ま》、気づいたら私は護道の腕の中に抱き抱えられていて、その右手には地面に落ちるはずだった小説が握られていた。あまりにも鮮やかな動作だった。

「おお……」

「あ、危なかったねー」

「流石《さすが》は護道だな」

遠巻きに見ていたクラスメイトのどよめきが聞こえてくる。

それから、桐島《きりしま》さんたちが駆け寄ってきた。

「麻衣《まい》ちゃん、大丈夫⁉」

注目されていることに恥ずかしくなって、慌てて護道から離れる。

少しだけその温かさが名残惜しくて、「あ……」という護道の言葉が、なぜか私と同じ感情を抱いているように聞こえて、気のせいに決まっているとその思考を振り払った。

「ご、ごめんなさい。少し慌ててしまって」

「本当だよ。何してんだお前」

護道は普通に私を責めてくる。むぅ、やっぱりさっきの感覚は気のせいだわ。

「あ、貴方《あなた》のせいでもあるでしょう。少しは反省したらどう？」

「普通は急に話しかけたぐらいでここまでのピンチにならないと思うんだが。むしろ完璧に助けたことを感謝してくれ。たぶん俺以外にはできないぞ」

むむむ、と私は唇を尖《とが》らせる。

正論で殴ってくる男は嫌いだった。反論できない。

……というか、しばらくは義務的なやり取りしかしないようにしていたのに、普通に話してしまっていることに今更気づいた。安心して、気が抜けたせいだろう。

「相変わらず、護道の運動神経は流石だね」

優香がそう言って、ひゅう、と信二が口笛を吹く。

かっこいいね、とクラスメイトの女の子がひそひそと噂《うわさ》している声が聞こえた。

私に聞こえているということは、五感の鋭い護道にも聞こえているはずなのに、この男は平然とした顔でみんなと会話している。……なんか、むかつくわ。

「どうした、椎名？」

「……別に。何でもないわ」

不機嫌そうな口調で答えただけなのに、護道は「そうか」と嬉しそうに笑った。

そんな笑みを私に向けてくれるから、勘違いしそうになるのだ。本当にやめてほしい。

「かっこつけたね、今」

桐島さんが護道の肩を小突く。

「元からかっこいいという可能性もあるだろ」

「あはは、護道のくせに何言ってんの？」

「ネタのつもりで言ったのにだいぶキツいツッコミするのやめないか？」

桐島さんと護道が、そんなやり取りをして笑い合う。

今日も仲が良さそうだった。

桐島さんも護道も、私の大切な友達だ。

二人がそうやって笑い合っていてくれるのなら、それ以上のことはない。

＊

夏休みが明けて、二日が経《た》った。

崩れた生活リズムもなんとか元の状態を取り戻し、体が本調子になってきた。

「へいへいパスパス！」

サッカー部の桜木《さくらぎ》がパスを要求するので、俺は足元のボールを蹴って渡す。

「ナイス護道！　正確！」

ゴール前でボールを受け取った桜木は、そのままシュートを叩《たた》き込《こ》んだ。

俺は駆け寄ってきた桜木とハイタッチを交わす。

「いいシュートだ」

「お前のパスがいいのさ。サッカー部に入らねえか？　お前ならすぐレギュラーだぞ」

「遠慮しとく。俺は休日はだらだら惰眠を貪りたいんだよ」

「確かに、その生活も捨てがたいよなぁ」

うんうん、と桜木は頷く。

球技大会の日程が近いせいか、今日の体育はそれぞれの種目に分かれての練習だった。

俺の種目はサッカー。種目決めの時間に寝ていたら勝手にサッカーにされていた。

まあ別に文句はない。球技全般好きだから何でもいいし。

夏休み明けの次の週に球技大会は早い気がするけど、授業よりはマシだ。

サッカーは体育ぐらいでしかやったことはないが、前世の戦闘経験から人の動きを観察して一手先を読む癖がついており、自分の体の動きを制御する術は知っている。

後は上手《うま》い人の動きを真似《まね》れば、それなりの実力にはなった。

基本的に体育で俺の敵になるやつはいない。本気でやれば、の話だが。

普段は抑えているが、球技大会もあることだし多少は本気でやってみるか。

「よし、パスくれ」

桜木からパスを受け取る。

そのタイミングで二人のディフェンスが俺に迫る。

足元でぴたりとボールを止めた俺は、二人が足を伸ばしてきた瞬間にひらりと回転。ルーレット。あっさりと二人をかわした俺は、慌ててカバーしに来たディフェンスの右に大きくボールを蹴り、そのままドリブルで引き離していく。

右サイドを上がっていき、ゴール前で手を挙げる信二に向けてセンタリングをあげた。

だが、信二がヘディングしたボールはわずかにゴールの脇を叩く。

ガン、と跳ね返ったボールの軌道を読んでいた俺はすでに着地点まで走っており、そのまま跳躍して体をひねる。唸《うな》る右足に叩かれたボールがゴールネットに突き刺さる。

一歩も動けなかったキーパーの高橋《たかはし》くんがその場にへたりこんだ。

……ちょっとやりすぎたかな。手加減が難しい。

微妙な気持ちになっていた俺の耳に、きゃーきゃーと女子の黄色い声が届く。

自分の種目の練習をほったらかして、クラスの女子グループがサッカーを見学していた。

「上手ーい！　すごい！」

「護道くん！　かっこいー！」

前世の戦闘経験を唯一活《い》かせる分野なので、無双するのは当然だ。

とはいえクラスのみんなはそんな事実を知らないので、普通に褒めてくれる。

普通に嬉しいので、よーし、頑張っちゃうぞー、と久しぶりにテンションを上げていたら、女子グループの端っこにいた椎名が「うわぁ……」って顔で俺を見ていた。

あの、ドン引きしないでくれる？　別に体育で無双するぐらいいいだろ！

そんな感じで葛藤している俺に、ボールは集まり続ける。

味方チームは俺とサッカー部の桜木を頼りにしているのだから当然だ。

椎名の目が痛いので派手な活躍を避け、味方に上手くパスを配ることに専念した。

プレイにも自信はあるが、視野の広さにも自信がある。

何百何千もの魔物を同時に相手にしたこともある俺にとって、敵味方の位置把握なんて足音だけで容易だった。だから見なくても、いい位置にいる味方にパスを出せる。

こんな真面目に体を動かすのは久しぶりだな。思っていたよりも楽しい。

「ナイス！」

俺のパスを受けてシュートを決めた佐山《さやま》くんと肩を組む。

サポートも結構楽しいな。いつの間にか結構熱中してしまっていた。

ふと椎名たち女子グループのほうをちらりと見やる。

椎名はなぜかぼうっとした顔で俺を見つめていて、明らかに目が合う。

その瞬間、椎名は凄《すご》い勢いで横を向いた。お前の真横にあるのはただの木だぞ。

一方、椎名以外の女子グループは俺に手を振ってきた。

振り返すと、黄色い声が響く。もしかしてついにモテ期きました？

とはいえ体育の時だけ女の子に評判がいいのは昔からそうだった。

前世の記憶が覚醒する前から運動神経はよかったが、覚醒してからは前世の戦闘経験も活かせるようになってしまったので、程々に抑えながらプレイをしていた。

いざ本気を出せば、こうなるのは目に見えていた。

一緒にプレイしている桜木たちは、明らかに慄《おのの》いている。

「やべえなお前……ガチの天才だろ……」

「たまたま調子がいいんだよ」

などと言ってはみるが、この言い訳がどこまで通用するのか。

明らかに素人の実力じゃないし、少し練習すればもっと上手くなるだろう。

……俺が、高校で部活に入らない理由でもある。

中学時代はバスケ部で、高校でもバスケ部に勧誘されたが、入る気は起きなかった。

自分が強すぎるからだ。せっかく運動に役立つ前世の記憶があるのだから、スポーツの道に進むことが最も人生の成功に近いと分かっていても、あまり気が進まない。

まあ、こうやって体育や球技大会などのイベントで楽しむぐらいがちょうどいいだろう。

＊

放課後。少し涼やかな風が、秋を知らせるようだった。
帰り道の途中で訪れたのは高層マンション。つまりは椎名の家だった。
「……こんばんは」
今日は、呪いの治療の日だ。
玄関先に顔を出した椎名は、緊張した面持ちのままぺこりと頭を下げる。
完全に他所《よそ》行きの態度だった。
今朝のやり取りで少しは友達に戻ったと思ったのだが、気のせいだったらしい。
「お茶を出すわ」
そう言って、椎名はキッチンに向かう。
俺はリビングのソファに座って、大人しく待っていた。
それからお茶が出て、椎名は俺の隣に座る。
対面じゃないのは、呪いの治療に肉体的接触が必要だからだ。

椎名のことが好きだと自覚してからは、この距離感に心臓が鳴りっぱなしだ。鼓動が聞こえないか不安になる。お茶を飲んで落ち着こう。

冷房が効いた部屋で飲む温かいお茶は美味《うま》い。こたつで食うアイスしかり。

ずずず、とお茶を飲む音だけが響く。

椎名は沈黙に耐えかねたのか、テレビをつけた。

のんびりとした雰囲気の旅番組が垂れ流され、ちょっと和む。

「……なぁ」

「ななな、何よ」

だが、和んだのは俺だけだったらしい。

椎名はなぜかめちゃくちゃ上ずった声で応答する。

緊張が伝染するのでやめてほしい。そもそも何で椎名が緊張しているのか。

……いやまあ、遠回しに拒絶した相手と二人きりは気まずいか。

「もうちょい、普通に話さないか？」

「……普通に、話せていないかしら？」

「ああ。今まで通りではないだろ。……俺たち、友達なんだろ？」

少なくとも、友達のままではいてくれるんだよな、と情けない確認をする。

自分の言葉に胸が痛くなった。

椎名もびくっと肩を揺らして、泣きそうな顔になる。

……どうして、お前がそんな顔をするんだよ。

「そう、そうね。ええ、私たちは友達。友達だから、普通に話しましょう」

自分に言い聞かせるような調子で椎名は言った。

そこまで無理をしないと、もう俺とは話すことすら辛《つら》いのか。

だとしたら、俺は途轍《とてつ》もない重荷を椎名に背負わせたのかもしれない。

これから長い間、呪いの治療のために定期的に会う必要がある相手が、友達だと思って安心していた相手が、急に距離を詰めてくる。恋心がなければ、ただ不快なだけだろう。

俺は本当に、椎名の気持ちを考えて行動していたのか？

初恋に浮かれていただけじゃないか？

自己嫌悪で気が狂いそうだった。

「……夏休みの終わりの週、桐島さんたちと映画を観《み》に行ったの」

椎名は久しぶりに俺と目を合わせて、語り始めた。

「そういえば、俺も誘われた気がする」

「ええ。貴方は予定が合わなかったみたいだけど」

「俺のバイトのシフトと、比奈の部活が絶妙に嚙《か》み合《あ》わなくてな」

あの恋愛映画、誘われた時は興味あったが、もうなくなってしまったな。

「桐島さんと新藤《しんどう》さんと映画を観て、フードコートで雑談して、楽しい一日だったわ」

ふふ、と椎名は微笑《ほほえ》んで話を続ける。

当時のことを思い出したのか、固かった表情が緩んだ。

本題の映画の内容に触れないということは、椎名の琴線には触れなかったのか。

面白かったのなら、椎名のことだからまずそこから話すだろう。

「久藤《くどう》くんと新藤さんのことを問い詰めたりもして……」

「そりゃ楽しそうだな」

信二は問い詰めてもかわされるだけだろうが、優香を問い詰めるのは面白そうだ。いつもみんなのお母さんみたいな立ち位置の優香が照れているのは純粋に可愛《かわい》くもある。

「……貴方と、桐島さんの話もしたわ」

「俺と比奈？　ただ、ずっと幼馴染《おさななじみ》だってだけだぞ」

「まるで物語みたいじゃない。幼稚園からずっと一緒で、しかも仲がいいなんて」

言われてみると、そうかもしれない。

俺にとってはそれが日常だから、あまり意識したことはなかったけど。

ただ、それを言うなら、俺と椎名の関係性のほうがよほど物語染みているとも思う。

「……ねぇ、聞いてもいいかしら？」

そんな俺の思考など露知らず、椎名はそう問いかけてくる。

――

「何だ？」

わざわざ前置きをするあたりに、何だか嫌な予感がした。

「貴方は、桐島さんのことを、どう思っているの？」

なぜ、そんなことを聞くのだろう。

好きな女から、別の女をどう思うか聞かれるとは思わなかった。

……桐島比奈は、大切な幼馴染だ。

幼稚園の頃からずっと傍《そば》にいて、比奈のいない生活なんて考えられない。

昔から考えの足らない俺にいつも世話を焼いてくれる。

いつも元気で明るくて、その元気を、分け与えてもらっている。

そんな比奈のことを、俺はどう思っている？

「もちろん、大好きだよ」

答えるまでもなかった。心の底から、俺は比奈を好いている。

いちばんの、俺の理解者で、いちばんの、俺の親友だ。

「……そう、よね。よかった」

と、椎名は言った。

その言葉にどんな意味があるのか、俺には分からなかった。

俺は比奈が大好きだ。その言葉に嘘《うそ》はない。ただ、それは恋愛的な意味じゃない。

俺が恋をしているのは、椎名麻衣ただひとりだ。

それは椎名も分かっているんじゃないのか？　なぜ、そんな問いをする？

恋愛的に比奈が好きだと勘違いされてもおかしくない言い回しをしたのは、そんな苛《いら》つきのせいでもあって……椎名にはもう、俺の恋心を気にしないでほしいという意思表示でもあった。

そう思った。俺が比奈を好きだと伝えれば、椎名も安心するかもしれない。

そのつもりで発言したのに、答えを受け入れる準備はできていなかった。

「──私、応援するわ。貴方の幸せを祈っているから」

俺の幸せを祈る椎名の言葉が、僅かな希望を奪い去っていく。

ああ、諦めるしかないんだなって。ようやく現実を認識できた。

だから呪いの治療のために椎名が手を握ってきても、俺の胸は高鳴らなかった。

「──呪いよ、我が心眼を前にその姿を映せ」

いつも通り、祓《ふつ》魔術を起動する。

沈み切った自分の気持ちを悟られないように、笑顔の仮面を被《かぶ》りながら。

＊

よかった、と思う。その言葉は嘘じゃなかった。

花火大会の日、護道が手を重ねてきて、いつもより積極的に感じて。

もしかしたら私のことが好きなのかもしれない、なんて都合のいい勘違いをしてしまいそうになって、だから私は護道との距離を再確認した。

私たちは友達だ。護道が、友達になってくれた。それだけで私は幸せだ。

だから、この胸に抱いている気持ちは捨てる。捨てようと、今も努力している。

……勇気を出して、護道の好きな人を確かめた。

きっと桐島さんなんだろうなという私の予想は当たっていた。

あんなに可愛くて、明るくて、いつも支えてくれる幼馴染の女の子だ。好きにならない理由がないと思う。……そう、地味で暗くてポンコツで、突っかかってばかりで、いつも手間をかけさせる私とは大違いだ。護道が私を好きになる理由なんてひとつもない。

私の勘違いだったと肯定してくれて、安心した。これでちゃんと……護道のことを、諦めることができる。恋人になれるかも、なんて都合のいい幻想を否定できる。

『――あたしは、白石《しらいし》護道のことが好きだよ。世界中の誰よりも』

桐島さんの宣言を思い出す。

その想《おも》いの深さが、重さが、確かに心に伝わってきた。

お互いに想い合っていると分かったのだ。これ以上のことはない。桐島さんなら、護道を完璧に幸せにしてくれるだろう。護道の幸せは、私が望んでいるものだった。

だから、私は応援する。二人の仲が進展するように。

それが私の結論だった。

＊

球技大会の日がやってきた。

この日は授業がないので、学生はみんなテンションが高い。

校庭や体育館にそれぞれ集まって、種目別に試合が始まっていた。

九月上旬。残暑はあるが、風はもう十分に涼しい。スポーツの秋、と呼ぶにはまだ早い時期かもしれないが、少なくともクソ暑い夏よりは過ごしやすい気候だ。

「そろそろテニス始まるって！」

「佐上《さがみ》くんの応援いこーよ！」

「いいねー。美鈴の新しい彼氏なんでしょ？　あたしも見たーい」

クラスメイトの女子がそんな話をしながら、ばたばたと俺の脇を駆け抜ける。

みんな動きが慌ただしいな。文化祭の時と同じようなお祭り騒ぎ感は嫌いじゃない。

いつも通りなのは、俺の隣で寝転がっているこの男ぐらいだろう。

俺の視線に気づいたのか、信二はあくびをしながら、

「自分の種目さえこなせば、後は寝てたって問題ないだろ」

「お前には応援って発想はないのか？」

「自分のクラスが勝ったところで、別に何かあるわけじゃないだろ」

「優香の応援もしないのか？」

「悩ましいな。露骨に応援するのも流石に恥ずかしい」

「お前にも恥ずかしいとかいう感情があるのか」

「バッカお前、俺みたいにいつもカッコつけてるやつほど恥ずかしがり屋なんだよ」

果てしなくどうでもいい会話をしている俺と信二に、足音が近づいてくる。

振り返ると、そこにいたのは体操着姿の比奈だった。

「ちょっと、あんたたちもみんなの応援しなさいよ。今年はみんなで勝つのよ！」

比奈の瞳の奥にめらめらとした灯火が見えるようだ。

どうやら燃えているらしい。比奈は毎年、この手の行事は全力だな。

こうなった比奈には何を言っても敵《かな》わないので、仕方なく連れ出される俺と信二。

……正直、やる気はまったくなかった。

なんかもう体を動かすのもだるい。学校に来るかどうかも迷ったほどだ。でも、普通の授業の日ならともかく、今日は同じ種目の連中に迷惑をかけるから仕方なく登校した。

「盛り上がってんねぇ」

テニスコートの近くまで来ると、同じクラスの佐藤《さとう》や高橋が試合をしていた。

クラスのみんながそれを脇で応援していたので、俺たちも合流する。

比奈がさっそくみんなの中心で応援団長を務め、信二は優香と話を始める。

テンションについていけないので端でぽつんと立っていると、横から視線を感じた。

俺と同じように、みんなの輪から外れていたのは椎名だった。

何だか顔色が悪い。声をかけるか躊躇《ためら》ったが、気まずさより心配が上回った。

「大丈夫か？」

「え、ええ。ただ、緊張して……」

椎名の種目は確かバスケだ。出番はしばらく先だが、運動音痴の椎名が緊張するのは仕方ないか。みんなの足を引っ張りそうで不安に思っているのだろう。

「深呼吸しろ。ゆっくりだ」

椎名は素直に、大きく息を吸って、吐く。

「今から緊張してたら身が持たないぞ。頭空っぽにして応援でもしとけ」

「そ、そうね……ちょっと、難しいけれど」

深呼吸で少しは肩の力が抜けたようだが、顔色の悪さは変わらない。

「まあ、みんな燃えてるけど、たかが一行事だ。大きい声では言えないけどな。たとえお前が足を引っ張ったって、責めるやつなんかいないさ。だから安心しろ」
大丈夫だ、と椎名に繰り返し伝える。
もしお前を責めるやつがいても、俺がお前を庇《かば》うと伝えたかった。
……でも、そんな言動は望まれていないだろう。俺は椎名の恋人じゃない。
だから、これ以上は何もできなくて。
それでも、椎名は「ありがとう」と、柔らかく微笑んだ。
「貴方も頑張って。サッカー、応援に行くわ」
その言葉は本当に嬉しくて、それを嬉しいと思ってしまうことが苦しい。
……恋心を捨てて、ちゃんと椎名の友達でいようと思った。
だけど恋心を捨てられないのなら、友達でいるのは難しいんじゃないだろうか。
この気持ちを抱えたまま、椎名の傍にいるのは辛い。
――それでも、椎名に友達になってくれと伝えたのは俺だ。
俺の願いを、椎名は叶《かな》えてくれた。俺には椎名の友達でいる責任がある。
恋人になれなくても、友達として、椎名麻衣を幸せにする。
椎名が幸せに日々を過ごせるなら、俺が辛い程度は何の問題もないだろう。
「おう。無双してもドン引きするなよ？」
「しないわよ。……ちょっと大人げないとは思うけれど」

「別に前世でサッカーやってたわけじゃないんだから許してくれよ」

「冗談よ。貴方に前世の記憶があるのは私の魔術のせい。貴方がそれを有効活用することに私が文句を言うのは、道理ではないでしょう？　だから、素直に応援するわ」

「お前らしい論理だな。……ま、頑張るさ」

俺はいつも通りの笑顔を作って、胸の前に握り拳を掲げた。

＊

そろそろサッカーの一回戦が始まるらしい。

俺たち二年二組の相手は一年一組。まあ普通にやれば勝てるだろう。

やはりサッカーは球技大会のメインコンテンツなのか、観客が多い。そもそも観戦できるスペースも広いからな。二年二組のベンチ脇にも、多くのクラスメイトが集まっている。

コートの端で暇潰しのリフティングをしていた俺に、比奈が近づいてくる。

「もうすぐ始まるみたいね。調子はどうなの？」

「さあな。まあ、サッカー部の桜木が何とかしてくれるだろ。信二だっているし」

信二は地味に元サッカー部だからな。結構頼りになる。

「あんたが何とかしなさいよ」

「できる範囲でな」

そう言うと、比奈は一歩近づいてきた。

ずい、と顔が近づく。その整った顔立ちが、視界の大半を埋め尽くす。

「……元気がないのは、麻衣ちゃんにフラれたから？」

とっさに、答えられなかった。

その一瞬の沈黙が、すでに答えと同じだった。

「……どうして、分かる？」

「二人の様子を見ていたら、そうかなと思っただけよ」

「……そうか」

比奈は立ち尽くす俺の胸をとんと叩いて、

「元気出して」

「……そう簡単に元気出せたら、苦労しないんだけどな」

「落ち込むのは仕方ないけど、それでやる気なさそうに振る舞うのはダサいよ」

「うぐっ……」

痛恨の一撃だった。そこは慰めてくれよ。

「頑張れ」

「厳しいな、比奈は」

「それでも、護道なら大丈夫よ」

「何の根拠がある。俺はただの自意識過剰な中二病だぞ」

前に比奈から言われた言葉で自虐する。

「それはそうだけど」

「いや、だから、慰めてくれないのかよ……」

「どうせ素直に慰めたって、受け入れるつもりないでしょ」

どうだろう。何にせよ、俺の幼馴染が厳しすぎることは間違いなかった。

「……自意識過剰な中二病でも、いいのよ、別に」

ぽつりと比奈は言った。

「あんたが根本的に駄目人間ってことぐらい、あたしは知ってるから。でも、あんたにはあたしがいる。あたしがあんたを支えてあげる。ずっと昔からそうしてきたし、これからも変わらないわ。だから、辛いなら、あたしに寄りかかってくれればいい」

優しい声音だった。比奈の言葉が心に染み渡っていく。

しかし、比奈は優しいけど甘いわけじゃない。

その代わり、と比奈は続けた。

「かっこいいところ、見せてよ」

「……仕方ないな」

苦笑する。相変わらず比奈には敵わない。

いつも情けない俺を奮い立たせてくれる。いつも俺の背中を支えてくれる。

本当に、心の底から大切な存在だった。

「任せとけ」

だから、その願いに応えるのは当然のことだった。

＊

わぁぁ、と歓声が上がる。

ゴール前で囲まれた護道が華麗なドリブルで三人のディフェンスをかわして、キーパーの股を抜いてゴールを決めたところだった。

応援席にいる女子グループがきゃーきゃーと黄色い声援を送っている。

いくら前世が英雄とはいえ、別にサッカー経験者じゃない。そもそも前世の時とは違って普通の肉体なのに、よくサッカー部をあそこまで翻弄できるものだ。

普通に凄い。それでも、あの男はいつも通り、小憎らしい平然とした顔をしているのだろう……と思っていた。が、今日はどうやら違うらしい。

今日は積極的にボールをもらっているし、その表情の真剣味が違う。

勝つ気でプレイをしているのだ。あの男のそんな顔を見るのは前世以来だった。

敵にサッカー部が二人いるせいか、流石の護道も集中的にマークされて動きにくそうにしていた。しかし、一瞬の隙を突いてゴール前に飛び出す。

久藤くんからパスを受け取った護道は、ワンタッチでシュートを打ち放つ。

矢のように突き進んだサッカーボールは、右端のゴールネットに突き刺さった。

隣に立っている新藤さんが、「やたっ！」と小さく胸の前でガッツポーズをしている。

護道に決定的なパスを出したのが久藤くんだからだろう。

「えへへ、たまには活躍するんだね、あいつも」

「久藤くんも上手いのね」

「実は元サッカー部なんだよ。やる気なくてやめちゃったけど。……でも、護道ほどじゃないよね。運動神経半端ないとは思ってたけど、本当に凄いんだね」

生まれ変わったとはいえ、前世は世界最強の人間だ。凄いのは当然だろう。

だから私は、いくら護道が活躍してもあまり胸には響かなくて、ほっとする。

これ以上護道への気持ちが大きくなったらどうしようと不安に思っていたところだ。

ただでさえさっき心配してくれて、好きすぎて死にそうになっていたのに。

などと、安心していたのも束の間。

ゴールを決めた護道が、白い歯を見せて笑った。

「しゃあっ！」

桜木くんや久藤くんに肩を組まれながら、右手を大きく掲げている。

……あ。可愛い。そう思ってしまったらもう無理だった。

いつも憎たらしいほど平然としている護道が、本気で喜んでいる姿はずるい。

そんなの、可愛いに決まっている。そこに気づいたら、もう駄目だ。そもそも護道の真剣な顔を久しぶりに見たから、そのギャップがとってもいい。胸の奥がきゅんとする。

「む、むかつく……」

何で、こんなに私を動揺させるの？

こんなに諦めようとしているのに、どうしてそういうことをするのか。

「どうかした？　麻衣ちゃん」

隣の新藤さんが小首を傾《かし》げる。

「な、何でもないわ」

ごほんごほん、と咳払《せきばら》いで誤魔化した。

私が護道に見惚《みと》れていたなんて、悟られるわけにはいかない。

「やっぱり白石くんかっこいいなぁ……」

「でも、比奈がいるから。比奈には勝てないよ」

「イケメンにはみんな相手がいてつまんなーい」

ふと、後ろでこそこそと話す女子グループの声が聞こえてきた。

いちばん前で応援している桐島さんは気づいていないだろう。

「ナイス護道！」

「おう」

桐島さんは護道のゴールでとっても喜んで手を振って、護道も小さく振り返した。

その時、護道の視線の先にいるのは、私じゃなかった。

でも、それでいいんだ。それでいいのだと、何度も心の中で繰り返す。

＊

それから護道たちは破竹の勢いでトーナメントを勝ち抜き、決勝まで進んだ。

うちのクラスで活躍しているのはサッカーぐらいしかないのもあって、クラスメイトのほぼ全員がサッカーの観戦に集まっている。みんな真剣に護道たちを応援していた。

決勝戦も終盤に差し掛かり、二対二の同点という緊迫した展開。

流石の護道も、三人に重点的にマークされていて動きにくそうだ。

護道を除けば、個々の実力は相手チームのほうが明らかに勝っていて、今も何とか拮抗《きっこう》しているような状況。どうやら相手の三年二組は、サッカー部のエース級が二人に、後は運動部で固めている。明らかにクラスの全力をサッカーに注いでいた。

流石に厳しいかな、とそう思った瞬間、護道が三人を振り切って飛び出す。

フリーでボールさえ受け取れば、護道の独壇場だ。あっという間に相手のディフェンスをかわしていき、ゴールにシュートを叩きこむ。その直後、試合終了のホイッスルが鳴った。

クラスのみんなが歓声を上げながらフィールドの中央へと走っていく。

私はそのテンションについていけずに、ベンチ脇にぽつんと残されていた。

クラスのみんなはフィールドの中央で固まって喜び合い、もみくちゃになっている。

その中心にいるのは、もちろん今日のヒーローである護道だ。

桐島さんが護道と肩を組んで、右腕を掲げている。

その喜びように護道も苦笑していた。

二人の距離感を見て、クラスの誰かが口笛を吹いて囃し立てる。

テンションの高いクラスのみんなはそれに乗って、護道たちを弄《いじ》り始めた。

「おいやめろって！」

止めようとはするものの、護道は満更でもなさそうに苦笑している。

「そ、そんなんじゃないから！」

一方、叫んで否定する桐島さんは、しかし顔を赤くしている。

「はいはい」

「いつものやつね」

「てか、まだ付き合ってないのこの二人？」

「末永く爆発しろ」

久藤くんがいつものようにやれやれと肩をすくめて、クラスのみんなも真似をした。

桐島さんが慌てて騒ぎ立てるが、みんな生暖かい目で見ている。

……誰がどう見ても、お似合いの二人だった。

端っこでひとり、ぽつんと孤立している私なんかよりも、はるかに。

そう思って、またひとつ、諦める理由を積み重ねて。

そんな私の努力を嘲笑《あざわら》うように、護道はみんなの中心から私の傍にやってくる。

「椎名、勝ったぞ」

「……何よ、見てたんだから、分かってるわよ」

「応援してくれたんだろ？　ありがとな」

「……別に、私なんかいてもいなくても変わらないでしょ」

ぷい、と顔を背ける。すると護道はむっとしたような口調で告げる。

「変わるさ。応援は力になる。特に、お前の応援なら」

あ、と護道はなぜか口元を押さえる。「特に……？」と私は首を捻《ひね》った。

「私の応援だと、何か違うの？」

「ええっと……それはだな……友達だから……？」

「え、それならクラスのみんなは友達じゃないのかしら？」

意外と冷たい、と思ったら誤解らしい。護道はぶんぶんと首を振る。

しばしの沈黙の末、護道は絞り出すような口調で言った。

「……そりゃ、好きな女の応援なら力になるだろ。それぐらい察してくれよ」

「……え？」

好きな女の応援。好きな女の応援？？？

好きな女って、桐島さんじゃないの？　え？　どういうこと？？？

「あ、貴方の好きな女って、桐島さんでしょう？」

「……は？」

護道はぽかんとしたように口を開ける。

何言ってんだこいつ、みたいな顔で私を見るが、それは私の台詞《せりふ》だ。

「まさか、本当にこの前の言葉を信じたのか。そう簡単に諦められるかよ」

「……？？？」

「くそ、何言ってんだ俺は。こんなこと、伝えるつもりなかったのに。ああ、でもいっそのこと全部伝えたほうがむしろすっきりして、気持ちよく友達に戻れるのか……？」

珍しくぶつぶつと考え込む護道だが、その言葉の大半が理解できない。

「ちょ、ちょっと待ってくれるかしら。貴方の好きな女って……」

「お前のことに決まってんだろ」

ちょっと顔を赤くして目を逸《そ》らす護道。はぁ？　可愛い。

……いえ、ちょっと待って。そんなことを考えている場合じゃない。

今、護道は何を言った？　お前って誰？　私？　私のことが……好きな女？

つまり護道は……私のことが好き？

そんなはずがないのに、そうとしか聞き取れない。

「……言わせるなよ、フッたくせに」

「……ど、どういうこと？？？」

フッた？　私が、護道を？　いったい何の話？　私、記憶喪失だった？

私の混乱に気づいたのか、護道は説明してくる。

「いや……花火大会の日、私たち、友達でしょうって……」

「そ、それは、手なんか繋《つな》いだら、勘違いしそうになってしまうから……」

「勘違い？」

「貴方が、私のことを好きかもなんて、勘違いを……」

「いや、それ勘違いじゃなくて、普通に合ってるんだけど……」

「……」

「……」

「え、えっと……つまり、貴方は……私のことが、好き、なの？」

おそるおそる確認すると、護道はこくりと頷いた。

「れ、恋愛的な意味で？」

「そうだよ。なんか文句あるか？」

「……ないけれど」

「……おう」

そのゆでだこのように真っ赤な顔が、真実だと告げている。

かぁぁ、と顔が熱くなっていく。嬉しい気持ちで、胸がいっぱいになった。

「まさか、気づいてなかったのかよ？」

「そ、そんなの……気づくわけないじゃない」

「てっきり、俺の気持ちに気づいて、遠回しに俺をフッたのかと……」

「人間関係初心者の私に、そんな高度な真似ができるわけないでしょう……」

自分で言うのもどうかと思うけれど、実際そうなので仕方ない。

「……じゃあ、別に俺は、フラれたわけじゃないのか？」

護道の再確認に頷く。少なくとも、そんなつもりはなかった。

「……お前を諦めなくてもいいのか？」

「そ、れは……」

いい、というか大歓迎だと思わず言いそうになる。

けれど本当にそれでいいのだろうか。

私だって護道のことが好きだ。そう伝えたら、護道と付き合うことができる。

それに、私が護道のことを諦めようとしていた理由は、友達だと言ってくれた護道を裏切りたくないからだ。その護道が私を好きだと言うなら、問題ないような気がする。

甘い誘惑だ。惑わされそうになってしまう。

その時、脳裏を過ったのは前世の記憶だった。

私自身も死にかけで、英雄の死体を眺めている時の記憶だった。

その次に脳裏を過るのは、先ほど見た光景だった。

クラスのみんなに囲まれ、桐島さんと肩を組む幸せそうな護道の姿。

「……」

護道の問いに頷けばいい。それだけで私は、幸せになれる。

そのはずなのに、凍り付いたように体が動かない。

「……悪い、忘れてくれ」

押し黙る私を見て何を察したのか、護道は緩く首を振った。

「分かった。この気持ちは諦めるから。……でも、友達ではいてくれよ？」

「……それは、当たり前じゃない。私は貴方の、友達よ」

自分の言葉で胸が痛くなった。護道も寂しげに苦笑する。

違う。違うの。貴方にそんな顔をさせたかったわけじゃない。

「とにかく、お前の応援は俺の力になった。だから、ありがとな。それだけだ」

何も言えない私に、護道は背を向けて去っていった。

その背中に手を伸ばしかけて、けれど、かける言葉は何もなかった。

＊

昼食の時間。

私は体育館の隅で、バスケットボールをついていた。

みんな昼食を取っているのか、ほとんど人はいなくなっている。

種目がバスケに決まってから、公園で自主的に練習をしたりもしたけど、結局あまり効果はないように感じる。体育の練習時間では、みんなの足を引っ張ってばかりだ。

ゴールに向かってボールを放ってみたけれど、リングにすら当たらず、床を跳ねた。

ボールを拾いに向かった先で、誰かがボールを手に取る。

そこにいたのは護道だった。

先ほどのやり取りがあったせいで、急に緊張する。

護道も気まずいのか、珍しく会話の切り出しに迷っているらしい。

ダム、とドリブルをつく。バタバタした私のドリブルと違って、手に吸い付いているかのようなドリブル。どうせ大してやったこともないくせに、センスの塊みたいな男だ。

護道はシュートを打ってから、ようやく口を開いた。

「自主練か？　偉いな」

「……何よ。悪い？」

「いやいや、偉いって言ってるだろ」

ぱす、とボールがネットを潜《くぐ》り抜《ぬ》けた。

私がこんなに苦労してもまったく入らないのに、あっさりと決める姿はむかつく。

前世の頃も、私があれこれ必死に考えながら戦っているのに、この男は身体能力と反射神経だけで対応してきて非常にむかついたことを思い出す。理不尽な男なのだ。

「今からシュート練しても急に入るようにはならないぞ」

「……じゃあ、どうしろって言うのよ？」

「ほら」

護道が急にパスを出してきたので慌てて受け取る。

「手を出すと突き指するぞ。胸の前で両手を構えて、ちゃんとボールを待つんだ」

「む。何よ、急に」

「へいパス」

なぜかノリノリの護道にパスを出す。

護道は私に説明した通り、胸の前でがっちりと受け止めた。

「ほら、ゆっくり出すから、怖がるなよ」

ボールが体に近づくのが怖くて、腕を前に出しそうになる。

けれど護道の言う通りに待つと、確かにボールを簡単に受け止められた。

これまではパスすらまともに受け取れず、零《こぼ》しまくりだったのに。

「いいぞ。でも、まだ肩に力が入ってるな。もっと体ほぐしていけー」

へいへい、とまたもや護道がパスを要求するので、ボールを投げ返す。

パスが来る。受け取る。投げ返す。その繰り返し。

護道は、きっと私の参考になるように、丁寧にパスを受け止めている。

だから私は護道を真似する。すぐに真似できるほどセンスはないけれど、パスを受け止めるぐらいはできるようになりたい。幸いにも、護道が逐一アドバイスをくれた。

ひとりだと、パスの練習はできなかった。

「うん、いいぞ。ちょっとスピード上げるからな」

こういう時ばかりは、私を馬鹿にするような言葉はなくて、それが逆にむかつく。

どのくらい時間が経ったか分からないけれど、いつしか私はパスをちゃんと取れるようになっていた。荒く息を吐く私に、護道はぱちぱちと拍手する。

「シュートやドリブルが下手でも、パスがまともにできれば、役に立てるさ」

「……うん」

どうして、ここまでしてくれるんだろう。

そう考えて、私のことが好きだからだって気づいて、頰が熱くなった。

……でも、その気持ちには応えられない。私は、貴方を幸せにはできないから。

貴方と恋人になれるのなら、私はそれだけで幸せだ。

けれど、こんな私と恋人になっても、貴方が幸せになれるとは思えない。

友達のままでいたい。貴方の人生を背負わずにいられるから。

何百人といる貴方の友達の中のひとりと、貴方の恋人では立ち位置の重さが違う。

そんな重要な立ち位置に、貴方の人生の大切な場所に、私は似合わない。

私は、貴方に幸せになってほしいのだ。

『――あたしは、白石護道のことが好きだよ。世界中の誰よりも』

そして貴方に相応《ふさわ》しい人は、すでにいつも貴方の隣で貴方を支えている。

「……そろそろ試合始まるわ。ありがとう」

だから私は、護道から距離を取る。

胸の内に潜むこの大きな気持ちを悟られないように。

素っ気なく背を向けると、「頑張れ」と優しい声が耳に届いた。

＊

試合終了の笛が鳴って、ようやく現実に戻ってきた。

プレイ中は必死に走り回っていたから気づかなかったけれど、どっと疲れが押し寄せてくる。はぁはぁと、荒い息はしばらく収まりそうになかった。

「椎名さん、ナイス！」

駆け寄ってきたクラスメイトの木山《きやま》さんに抱き着かれる。

私のもとに、同じバスケのチームになったクラスメイトが集まってきた。

「めっちゃ上手くなってるじゃん！」

「もしかしてコソ練した？　ありがとねー」

「い、いえ……せめて、少しでも足を引っ張らないようにって」

「健気《けなげ》か！　可愛すぎ！」

「うーん、いい子。こんないい子は私が幸せにしてあげないと……！」

「ちょっと、椎名さん、由美《ゆみ》から離れて！　あんたの毒牙にはかけさせないよ！」

クラスメイトの木山さんと赤坂《あかさか》さんが私を挟んで睨《にら》み合《あ》っている。

「いや、勝ててよかったー。サッカーが優勝したせいでハードル上がってるよ」

「ねー、まだ一回戦だけど、勝てるとは思わなかったよ」

これまであんまり話したことのない人たちも、私を中心に笑い合っていた。

その人の波が自然と引いていく。近づいてきたのは護道だった。

「が、頑張ったわ」

頑張れと、そう言われたから。

役に立ったかは分からないけれど、せめて頑張ったと伝えたくて。

護道の言葉を制するように言うと、護道は目を瞬《まばた》かせてから、笑った。

「やったな」

ぽん、と頭に手を置かれる。そのまま優しく撫《な》でられた。

え、と声が漏れそうになる。この男は公衆の面前で何をしているのだ。

恥ずかしいけれど、気持ちいい。ずっとこうされていたい。

ああ、駄目だ。貴方は私を諦めたのかもしれないけれど、こんなことをされたら、私が貴方を諦められない。どんどんと、関わりを積み重ねるたびに気持ちが大きくなっていく。

もっともっと、貴方のことが好きになる。恋人になりたいと思ってしまう。

もうこの気持ちに身を委ねてしまいたくて、その時、目に入ったのは、護道の肩越しに見える桐島さんの姿。私と目が合うと、桐島さんは寂しげに笑った。

思わず、どんと護道を突き飛ばしてしまう。場の空気が一気に凍り付いた。

「ごめんなさい……私、もう貴方の友達じゃいられない」

そう伝えると、護道は傷ついたような顔をする。

ああ、そんな顔をさせたいわけじゃないのに。でも、ごめんなさい。

もうこれ以上、貴方の傍にはいられない。

もう、この気持ちが抑えられなくなってしまう。

友達のままでは耐えられなくなってしまう。

貴方を不幸にすることしかできない私が、貴方と結ばれたいだなんて、なんと傲慢で自分勝手なのだろうか。こんな邪悪な気持ちは、いかにも元魔女に相応しい。

私はもう、貴方のおかげでちゃんと幸せになっている。

だから私は、貴方にも幸せになってほしい。

そして貴方のことを幸せにしてくれる人間が、ちゃんと傍にいる。

私が何かをする必要もない。

そのはずなのに、貴方は簡単に私の気持ちを揺さぶってくる。

封じ込めようと誓ったはずの想いを、数倍数十倍に膨らませてしまう。

……だから私はこれ以上、貴方の傍にはいられなかった。

＊

球技大会の翌日、椎名が学校を休んだ。

あんなことがあった直後なので、みんなが俺の顔を見る。

「護道？」

「ごめんなさい……」

椎名がその場から去った後、気まずい沈黙があった。

みんなが「お前、やったな」みたいな顔で俺を見ていた。

俺は俺で全力で落ち込んでいて、楽しかったはずの球技大会が微妙な雰囲気になった。

結局、俺たちのクラスは総合二位という成績となり、一位は逃した。

比奈が何とか盛り上げようとしていたが、正直上の空だった。申し訳ない。

昨日、椎名はそのまま帰ってしまったから、今日謝ろうと思っていたのだが……。

「はぁ……」

項垂《うなだ》れる。

みんなの思う通り、完全にやった。

その時のテンションに流されてしまった。

椎名には申し訳ないことをした。この気持ちは諦めると伝えたはずなのに。

……まさか、あそこまで拒否されるとは思っていなかったけど。

くすくすと、忍び笑いの幻聴すら聞こえてくる。

今の俺ほど間抜けなものもないだろう。

――その時は、当の俺でさえも楽観していた。

俺のせいだとしても、一日休めば明日は学校に来るだろうと思っていた。

あれだけ頑張っていたのだから、本当に疲れて風邪を引いている可能性も高い。

だけど翌日も、その翌日も、椎名は学校に来なかった。

当初は俺を笑っていたみんなも心配して様子を尋ねるが、担任の先生も椎名からは風邪を引いているとしか聞いていないらしい。……それは、本当なんだろうか。

どちらにせよ、心配であることに変わりはなかった。

だけど、いくら心配だからって今の俺が椎名を訪ねても逆効果になりかねない。

椎名が学校を休んでいる原因が俺かもしれないのだ。

そう思うと、体が石のように重くなって、動かすことに苦労した。

俺には何もできない。俺は自分の気持ちを押し付けて、椎名を傷つけたのだ。

……俺が、椎名麻衣に対してできることなんて、今は何もない。

その次の日も、椎名は学校を休んだ。教室全体の雰囲気が重く沈んでいた。

数学の時間。窓の外を見ると、激しい雨が降っていた。ばしゃばしゃと窓越しにも雨が地面に叩きつけられる音が聞こえてくる。湿気が体に纏《まと》わりついて嫌な気分になった。

ふと椎名の席を見ると、そこには誰もいない。

普段は必死にノートを取っていた椎名の姿が、今日もない。

徐々に、椎名がいない光景が日常になっていく。それが、本当に、嫌だった。

でも、その原因は俺にあるのだ。

「……護道、麻衣ちゃんから何か聞いた？」

数学の授業が終わり、放課後。比奈が俺の席までやってきた。

その声音はいつもより弱々しい。

「……いや、何も」

とはいえ、呪いの治療の関係もある。

流石に、そろそろ連絡しないといけないだろうか。

連絡してもいいのだろうか。椎名の連絡を待つべきじゃないだろうか。

「どうして、何もしないわけ？」

「俺が……連絡したって、余計傷つけるかもしれないだろ」

机に突っ伏したままそう言うと、比奈はぐい、と俺の腕を引っ張った。

無理やり立たされる。何だよ。比奈の顔を見ると、真剣な表情で俺を見ていた。

「それで、いいの？」

「いいも悪いもないだろ。今、俺にできることなんてない」

ふうん、と比奈は相槌《あいづち》を打つ。

「かっこいいところ、見せてくれるんじゃなかったの？」

「……ごめんな。俺は、かっこよくなんかない。それどころか、最悪の人間だ」

好きな女の子を、大切な友達を、傷つけることしかできない。

何が元英雄だ。何がお前を幸せにする、だ。どの口で言っている？

結局、俺の剣は、お前を傷つけることしかできなかった。

俺の剣は、お前を護《まも》るためには使えなかった。

生まれ変わっても、同じだ。俺はお前を傷つけることしかできない。もう友達ではいられないと言われた。優しい椎名がそう口にするぐらいに、俺は最低で最悪なやつなんだ。

帰宅の準備を整えて、「じゃあな」と比奈に別れを告げる。

「……護道」

比奈が俺を呼ぶ。だけど、振り返る気にはなれなかった。

雨の中を、歩いて帰った。傘を忘れて、ずぶ濡《ぬ》れになっていた。

途中にある公園のベンチで、今更のような雨宿りをする。

簡素な屋根から雨漏りしているが、ここまで服が濡れていたらあまり関係ない。

雨を眺めながらぼうっとしていると、気づけば隣に誰か座っていた。

確認するまでもなく、桐島比奈だと分かった。

こういう時、何も言わずに隣にいるのは比奈しかいなかった。

昔からそうだった。比奈はずっと、こんな俺を支えてくれていた。

「……ねぇ、護道」

声をかけられ、隣に目をやる。

比奈も俺に負けず劣らず、ずぶ濡れになっていた。

「風邪引くぞ」

「お互いさまでしょ」

「傘はないけど、タオルぐらいならある」

「嫌よ。あんたの汗が染みついたタオルなんて」

「洗濯してあるんだから我慢しろ。幼馴染なんだからいいだろ」

そう言って、鞄《かばん》の中からタオルを取り出して投げ渡す。

幸いにも鞄の防水性能が高く、鞄の中までは濡れていなかった。

投げたタオルが比奈の顔にかかって、比奈は軽く自分の髪を拭いた。

「あんただって、びしょ濡れのくせに」

「俺はそういう気分だったからいいんだよ。何でお前も傘持ってないんだ」

「あたしは傘ぐらい持ってるわよ」

比奈はリュックサックの中から折り畳み傘を取り出す。

そもそも自転車じゃないということは、朝はバスで学校に来たのだろう。

雨が降る前提で行動しているのだ。傘を持っていないわけがない。

「自転車はどうしたの？」

「歩きたい気分だったんだよ」

「傘もないのに？」

「雨に打たれたかったんだ」

今日は自転車を駐輪場に放置し、歩いて帰っていた。

「そう。あたしも、雨に打たれたかっただけ」

少しだけ雨が弱まる。土砂降りだった勢いが、しとしとと穏やかになる。

「護道。あんたが落ち込んでいる理由ってさ、麻衣ちゃんに拒絶されたから？」

「それ以外に、何があるんだよ？」

「なんで、拒絶されたんだと思う？」

「いや、そんなの……俺が気持ち悪かったんじゃないのか。嫌いになったんだろ」

実際、そう思われてもおかしくない行動はしている。

あの場面だけじゃなくて、きっとこれまでの積み重ねなのだろう。

「まあ、確かにいきなり頭を撫で始めるあんたは気持ち悪いかもしれないけど」

「うぐっ……」

慰めるわけじゃなく追加ダメージを与えてくる比奈だった。

それはもうこれ以上なく反省しているので、あまり話題に出さないでほしい。

「でも麻衣ちゃんの場合は、それが理由じゃないわよ」

断言なのが少し気になった。

「どうして分かる？」

「分かるわよ。あの子、分かりやすいから。それに……同じ女だからね」

分かりやすい。比奈にはそう見えるのか。

椎名の考えは、俺にはよく分からないことばかりだ。

「麻衣ちゃんはさ、優しいの。普通に生きてて、あんなに優しくなれるのかって、信じられないぐらいに。そして、自分に自信がないのよ。あんなに可愛いのにね」

それは元々の性根もあるが、前世の記憶が影響している部分だ。

「……あいつはさ、昔、自分のせいじゃないことで、みんなに嫌われてたんだ。しかも、それが自分のせいだと思い込んでる。だから、自分に自信がない。こんな自分に少しでも優しくしてくれる人には、それよりたくさんの優しさを返そうと必死に生きてる」

「……うん」

比奈は納得したような表情だった。

「……だから、あたしに譲ろうとするんだ」

ぽつりと、呟きが雨のように零れた。その言葉の意味は俺には分からない。

「ねぇ、護道。伝えたいことがあるんだ」

比奈は改めてそう告げると、ベンチから立ち上がって俺の正面に立つ。

雨の公園を背に立つ比奈の姿は、とても綺麗《きれい》だと思った。

その頰を伝う雫《しずく》は、本当に雨なのか分からない。

もしかして、泣いているのか？

どうして。

そう思った瞬間に、比奈の告白が耳に届いた。

「あたしね、あんたのこと、好きだよ」

その表情は、もちろん冗談なんかじゃないと告げている。

友達としてとか、そういう意味でもないことぐらいは流石の俺でも分かる。

……正直、何となく分かってはいた。

初恋を知って、恋という感情がどういうものなのかをようやく肌で理解して。

今まで気づかなかったことも、分かるようになる。なってしまう。

これまで過ごしてきた日々を振り返って、ヒントは無数に転がっていた。

比奈が俺に抱いている感情は、俺が椎名に抱くものと、同じなんじゃないかって。

「……あたしと、付き合ってほしい」

どうして、このタイミングで言ったのだろう。

賢い比奈のことだ。俺が椎名を好きだと、気づいているだろうに。

この気持ちが消えない限りは、お前と付き合うなんて不誠実な真似はできない。

「……ごめん。お前とは付き合えない。俺には、好きな女の子がいる」

比奈と付き合えば、いずれこの気持ちが消えるのかもしれない。

椎名じゃなくて、比奈に恋をする時が来るのかもしれない。

比奈と一緒にいれば、きっと幸せになれるだろうという確信がある。

今日までずっと俺を支えてくれた、こんなにも優しくて、可愛い女の子だ。

俺にはもったいない。どの面を下げて首を振っているのか。

そう分かっていても、訂正はできない。ごめん、と繰り返し言葉にした。

「——だったら、そう簡単に諦めないでよ」

比奈は、まるで言葉を用意していたかのように、そう言った。

「麻衣ちゃんのことが、好きなんでしょう?」

「……ああ」

「せめて、あの子の真意ぐらい確かめなさいよ。このまま放っておくなんて、あんたらしくない。仮に傷つけたとするなら、謝りなさいよ。いつまで落ち込んでいるわけ？」

畳みかけるように比奈は言う。

叱りつけるようで、俺を奮い立たせるような言葉だった。

俺はお前と付き合えないと首を振った。

それなのに、比奈の口から出たのはいつも通り俺を支えようとする言葉だった。

どうしてそこまでしてくれるんだって、聞きたくなる。

……でも、分かっている。それぐらい、俺を好きでいてくれるんだろう。

俺が、椎名を好きなのと同じくらいに。

「あたしが好きになった、かっこいい白石護道でいてよ」

泣きながら、比奈はくしゃっと笑った。

「かっこいいところ、見せてよ」

サッカーの時と同じ言葉を、比奈は言う。

散々かっこ悪いところを見せたのに、まだ期待を背中に乗せてくれる。

だから、その期待には応えたいなと思った。それは義務じゃなく、俺の意思だ。

俺だって、分かっている。椎名には何か事情があることぐらい。

だけど確かめるのが怖かった。気づかないふりをして、ずっと俯《うつむ》いていた。

落ち込んだまま、何もしないのはここで終わりだ。

それは比奈が好きになった、かっこいい俺のやることじゃない。

「椎名のところに行く」

そう宣言して、立ち上がる。

雨の中でも、前を向く。

「ひとつだけ、いい？」

比奈の横を通り過ぎ、背中越しに声をかけられた。

嗚咽《おえつ》のような声は、震えているような声は、気づかなかったことにした。

「……あんたの幸せが、あたしの幸せだよ。だから、ちゃんと幸せになってね」

走り出す。雨の中でも、関係ない。がむしゃらに駆ける。

桐島比奈が好きになった、かっこいい白石護道でいるために。

＊

護道が走っていく背中を見ていた。雨の中に消えていくまで。

十年の恋が終わった。……十年、なのかな？

これが恋だと気づいたのは六歳の時だけど、もっと前から好きだった気もする。

「あーあ。あたしって、なんでいつもこうなんだろ」

今告白したってフラれることなんか分かり切っていたのに。

護道が麻衣ちゃんに惹《ひ》かれていることなんて、見ていれば分かったのに。

それでも手助けしなければ、まだチャンスはあったかもしれない。

私が護道の背中を押したせいで、どういう結末になるのか。

……分かっている。護道はああやって覚悟を決めると、迷わない人だから。

「損な役回りだな」

急に声をかけられて、びっくりする。

振り返ると、いつの間にか近くで腕を組んでいたのは信二だった。

「……いつからいたの？」

「最初からだ。様子がおかしい護道に、お前がついていったから気になってな」

肩をすくめる信二。ストーカーじゃんとは思ったけど、今日はあたしも護道のストーカーだったので何も言えない。あたしがそう考えて指摘しないことまで分かっているから、この男は姿を見せたのだろう。久藤信二っていうのはいつだってそういうやつだった。

「……あたしって、馬鹿だと思う？」

「自分の幸せを目的とした行動だったのなら」

信二は淡々とした口調でそう言ってから、

「でも、違うんだろ。お前の目的は最初から、護道の幸せだ」

うん、その通りだ。だからあたしが背中を押したことで護道が幸せになれるのなら、それだけで十分なんだ。そのはずだ。だからあたしが落ち込む理由なんてないはずだ。

「……そう、よ。あたしは、あいつが幸せなら、それでいいって……」

「自分に言い聞かせるのはいいけどな。こういう時ぐらいは泣いたっていいんだぜ」

護道が幸せなら、その隣にいるのはあたしじゃなくてもいい。

……そんなわけ、ないじゃん。そんなわけないよ。

あたしだって、あんたの隣にいたいよ。あたしのこと、見てほしいよ。

あの子のことばっかり考えてほしくないよ。教室にいる時、一緒に遊んでいる時、あんたがあの子のことばかり気にかけている時、いつも寂しい気持ちになったよ。

でも、あんたに幸せになってほしいのは、あんたに、自分の気持ちが示す通りに行動してほしいのは、嘘じゃないんだ。麻衣ちゃんのことを放っておくようなあんたなんて見たくない気持ちだって嘘じゃないんだ。それに、麻衣ちゃんにも幸せになってほしいんだ。

全部、本当のことだ。だからあたしは自分の行動に後悔はない。

きっともう一度同じ状況が訪れたとしても、あたしは同じ行動を選ぶだろう。

「あいつの前で、涙なんか見せたくないだろ？　だったら、ここで涸《か》らしとけ」

ずるいよ、信二は。知ったようなことばかり言って。

そう思っても反論できない。だってそれは事実で、もう視界が淡く滲《にじ》んでいって、嗚咽のせいで言葉が出ない。頬を伝う雫は、止めようと思ってもその数を増やしていく。

あたしは泣いてなんかない。だから、土砂降りの雨のせいにした。

第四章　永遠の愛

椎名《しいな》の家を訪ねたが、反応はなかった。

たぶん居留守じゃない。家の中に人の気配がなかった。

だから、どこかに行っているのだろう。こういう時、椎名はどこにいる？

思いつくところを考える。

ふと脳裏を過ったのは前世の記憶。

魔女は落ち込んでいる時、ひとりになりたい時、いつも高いところにいた。

この辺りでいちばん高いところと言えば、どこだ？

しらみつぶしに探していく。

この高層マンションの屋上にはいない。学校の屋上にもいない。赤城山のほうにある公園にもいない。……いや、この雨の中だ。冷静に考えると外ではないのだろう。

それでいて、周囲を見渡せるほど高い場所。

祈るような想《おも》いで訪れたのは群馬県庁だった。三十二階の無料展望ホールまでエレベーターで昇ると、窓際で夜景を眺めている長い黒髪の少女の姿があった。

平日の夜だからか、群馬だからか、警備員を除けばそれ以外の人は見当たらない。

「……椎名」

声をかけると、びくっと肩が震えた。

おそるおそるといった調子で振り向いてくる。

不安そうな表情だった椎名は、俺を見て目を瞬《まばた》かせる。

「……なんで、びしょ濡《ぬ》れ？」

「これでも、拭いてきたんだけど……」

公共施設に入るわけだし、雨を吸いまくった服を絞って、少しは乾かして、水が滴り落ちたりしないようにはしている。それでもマナーがいいとは言えないだろうが。

「まさか貴方《あなた》、雨の中、私を探していたの？」

「だったら、なんだよ？」

「どうして、そんなことを……」

「そりゃ、お前が学校に来ないからだろ」

窓際の椎名に近づいていく。

体調が悪そうには見えないが、実際どうなのかは分からない。

「大丈夫か？　風邪引いたんだろ？」

「……あんなの、嘘《うそ》に決まってるじゃない。風邪なんて引いてないわよ」

「そうか。ならよかった」

心配事がひとつ片付いた。

椎名が元気なら、それに越したことはない。

呪いのこともある。急な体調不良の可能性はいくらでもありえた。

安堵《あんど》する俺を、椎名は強気に睨《にら》んでくる。

「心配される筋合いはないわ。もう、貴方と友達ではいられないと言ったはずよ」

「どうして？　理由も言わずに一方的な絶縁なんて、納得できないだろ」

「それは……」

椎名は何かを言おうとして、押し黙る。

どうして、そこで黙るんだ。教えてくれよ。お前が考えていることを。

「なんで、学校を休む？　俺と会いたくないからか？」

椎名は答えない。その沈黙が問いかけを肯定している。だから、胸が痛くなった。

「……なんで、俺と、会いたくないんだ？」

それでも、意を決して尋ねる。

たとえ聞きたくない答えが出るとしても、それを尋ねないと話が始まらない。

もし、俺の恋心のせいで俺の態度が気持ち悪いとか、そもそも俺が嫌いとか、なんか椎名の気に障ることをしたとか、そういう話だったら、平謝りして仲直りするしかない。

「……分からないの？」

「分からねえよ。今の お前の考えは、何も」

「なんでっ、だって……そんなの」

そんな風に考えていた俺に対して、椎名はヤケクソ気味に叫んだ。

「——そんなの、貴方が好きだからに決まってるじゃない！」

「……は？」

思考が空白に染まった。

この女は、いったい何を言っている？

貴方が好き？　俺のことが好きってことか？

「だ……だったら、なんの問題もないだろ⁉」

その返答は予想してなかった。あまりにも斜め上すぎる。

「あるの！　問題しかないの！」

子供みたいに両手を振り回して椎名は言う。

「貴方まで私のことが好きだって言うなら、貴方と付き合えちゃうじゃない⁉」

な、何を言っているんだこの女は。一ミリも理解できない。

「い、いいだろそれで！　てかそうしろ！」

思わず願望が出てしまった。でも実際それで問題ないだろ。何が駄目なんだよ。

「嫌！　……嫌じゃないけど、嫌よ！」

本格的に何を言っているのか分からなくなってきた。

こいつ、こんなに日本語下手だったか？

「私が貴方と恋人になっても、私ばっかり幸せになって、貴方を幸せにすることなんてできない！　私は、それが嫌なの！　貴方が確実に幸せになってくれないと駄目！」

「……はぁ？」

まさか、そんな理由で俺から距離を取っていたのか？

「お前と付き合えるならそれが俺の幸せだよ！」

本心からそう伝えるが、椎名は首を振って、語り始める。

「……これは物語じゃないから、付き合って、めでたしめでたしでは終わらないのよ。その後もずっと、人生は続く。きっと私は貴方に支えられてばかりで、それを貴方は苦痛に思うようになって、いずれ別れることになるわ。そうに決まっている」

こ、こいつ……拗《こじ》らせすぎだろ。

だが、拗らせていない椎名なんて椎名らしくない。

「そうなるぐらいなら、付き合わないほうがいいって？」

「ええ、私なんかより、貴方に相応《ふさわ》しい人がいるはずよ」

……相応しい人、か。

確かに、お前よりも面倒じゃない女なんていくらでもいるだろう。

何しろ現在進行形で面倒臭い。だけど、俺も負けず劣らず面倒だという自覚はある。

それに、俺はその面倒なところまで含めて椎名のことが好きなんだ。

「……貴方には、桐島《きりしま》さんがいるじゃない」

椎名は、ぽつりと零《こぼ》すようにそう言った。

その言葉で、ようやく話が繋《つな》がってきた。

椎名がこうやって逃げ出した理由も、比奈《ひな》が……俺の背中を押してくれた理由も。

ああ、比奈は本当にいい女だ。だからこそ俺は比奈の期待に応えたい。

この強情な椎名を説得して、最高のハッピーエンドってやつを手に入れる。

「俺は、比奈と付き合ったほうがいい。そう言いたいのか？」

「そうよ。幼馴染《おさななじみ》で、ずっと貴方を支えてきて、しかも貴方のことが大好きだって。桐島さんほど、貴方の隣に相応しい人はいないでしょう」

なんで、そんなに辛《つら》そうな顔で説明してるんだよ。

どうして、さっきからずっと、泣きそうな顔をしているんだよ。

「……さっき、比奈の告白は断った」

そう伝えると、椎名は愕然《がくぜん》として、よろめく。

「ど、どうして……っ⁉」

俺はそんな椎名に近づいて、その肩を両手で掴《つか》む。

鼻先が触れるぐらいの至近距離で、目を合わせて、思いのたけを叫んだ。

「お前のことが、諦められないからに決まってんだろ！」

椎名の目尻から、涙がはらはらと零れていく。

……考えすぎて、自分を卑下して、自分を雁字搦《がんじがら》めにして、自ら不幸になって、でも、そんな不幸な自分に安心している。そこはいつもの居場所で、慣れているから。

本当に人生が下手な女だ。だが、残念だったな。

たとえお前が何度不幸になっても、俺は強引にお前を連れ戻す。

生まれ変わる前から、恋をする前から、俺はお前を幸せにすると決めているんだ。

俺と付き合えばお前が幸せになれると言うなら、もう躊躇《ため》う理由はない。

この気持ちを叩《たた》きつければいいんだ。今にも溢《あふ》れそうなこの想いを。

「椎名。俺はお前が、好きなんだ。大好きなんだよ」

真っ向から伝えると、椎名の瞳が揺れる。だが、その顔は下を向いた。

「……桐島さんは、ずっと貴方のことが好きだったのでしょう？」

分かってるよ。

分かってるんだよ、そんなことは。

俺だって、比奈のことは好きなんだよ。

でも、恋をしているのはひとりだけなんだよ。

『――私ね、貴方のおかげで、今、とっても幸せよ』

あの時、お前の笑顔を見て、本当に嬉《うれ》しかったんだ。お前だけなんだよ。

救われた気持ちになったんだ。ここにいてよかったんだよ。

見惚《みと》れるぐらいに、綺麗《きれい》だと思ったんだ。ここにいてよかったと思ったんだ。

もっとお前と一緒にいて、何度でもその笑顔が見たいと思ったんだ。

お前が笑顔で日々を過ごせるなら、それだけで本当に俺は幸せになれるんだ。

「なんで、私なんか……」

「俺の大好きな人を、貶《おとし》めるなよ」

そう伝えると、椎名はびくりと肩を揺らす。

「悪いが、そう簡単に諦められるほど、この気持ちは小さくない。お前も俺が好きだって分かった以上、付き合ってくれるまで追いかけ回すぞ。ふははは！　覚悟しろ椎名！」

……あれ？　俺言ってることヤバくない？

いやいや、両想いなのは分かっているんだから問題はないはず。

などと、ちょっと冷静に自分を振り返る俺に対して、椎名はムッとしたように叫ぶ。

「わ、私だって、貴方以上に、貴方のことが好きよ！　絶対、負けないわ！」

「いーや、絶対俺のほうがお前のことが好きだ！」

「それだけはないわ！　どれだけ、私が貴方のことを考えていると思って……っ！」

「俺なんか、寝る前はその日のお前との会話のことばかり思い出してるぞ！」

「私だって、教室で気怠《けだる》そうに黒板を見てる貴方の横顔をずーっと見てるわ！」

「……そ、そうなのか……」

　なんか顔が熱くなってきた。だ、駄目だ！　ここで冷静になると負ける！

「でも、だからこそ、貴方とは付き合えないの！」

「俺を幸せにはできないからか？　なんで、そこまで気にするんだよ」

「私にできるのは、貴方と一緒に不幸になることだけ。実際に、そうだったから」

「……前世の話だ。今は違う。お前は魔女じゃないし、俺は英雄じゃない」

「分かっているつもりよ。けれど、性格や本質が変わるわけじゃないでしょう」

「なんで、そんな複雑に考えるんだよ」

「分かってくれないかしら。私は桐島さんみたいに、貴方を支えられる自信がない。恋人なんて唯一無二の存在は、私には荷が重いわ。友達でいてくれるだけで嬉しいの」

　どうやら椎名は、俺を支えられるかどうかにこだわっているらしい。

「俺は誰かに支えられないと生きていけないと思うほど、頼りなく見えるのか？」

「貴方って、人生が下手だから。誰かが支えてあげないと、すぐに不幸になると思うわ」

「お前にだけは言われたくねえよ」

本心から突っ込むと、椎名は沈んだ様子で「……それもそうね」と呟《つぶや》いた。

いや、そこで素直に落ち込むなよ……。

「貴方も、後で冷静になったら、きっと私のどこが好きだと思ったのか分からなくなるわ。恋は盲目って言うじゃない？　貴方は今、その状態なのよ」

結局、この女の問題は、異常なまでの自己肯定感の低さに起因しているのだろう。

だから、そもそも自分のことを好きになる存在に納得できていない。

俺がお前を好きだということを、心の底では信じられていない。

「違う。俺はお前が好きだ。この先もずっと。たとえ盲目でも、それで構わない」

「なんで私なんか、やめて、そんなこと言うのは……」

「やめない。私なんか、じゃない。お前がいいんだ。お前だから好きなんだ」

「そんなの、納得できない！」

「じゃあどうすれば納得するんだ！」

「それなら、私の好きなところを一個ずつ教えてみなさいよ！」

そんなのひとつもないでしょ、とでも言いたいのか、自信満々にない胸を張る椎名。

どういう自信なんだそれは。負の方向に自信がありすぎだろ。

「……いいだろう」

だったら、教えてやればいい。

椎名麻衣《まい》のいいところを、ひとつずつ。

お前がどれだけ素敵な女なのかってことを嫌と言うほど伝えてやる。

「……まず、顔が好きだ。前世は美しい系だったけど、今世のお前は可愛《かわい》い。アイドルの中に交じっても余裕でいちばん可愛い。この世界でいちばんだ。まあ自覚はあると思うが」

「……この世界でいちばんの自覚なんてあるわけないでしょ」

とんだナルシストじゃない、と椎名は言う。その頬は紅潮している。

「……優しいところが好きだ。ひどい目に遭って、人に冷たくされることに慣れて、だけどお前はずっと人に優しかった。人類を恨んだって仕方ない境遇だったのに」

「……ふ、ふん。そうやって、お世辞を言って、私を口説こうとしたって無駄よ。だって、最初から大好きなんだもの。口説かれる意味がないわ。残念だったわね」

まるで最強の論理を展開したかのように椎名は言うが、前提が破綻している。

アホには構わず、俺は話を続ける。

「……心を許した相手には、甘えてくるところが好きだ。無自覚なのか知らないけど、距離が近くて、俺に頼り切っているような感じで、仕方ないなって、そんな気分になる」

「そ、そうだったかしら……」

椎名は目を逸《そ》らして、落ち着かない様子で手足をもじもじさせている。

「……突き放すような態度が好きだ。本当は、見捨てたりなんかできなくて、ちらちらと様子を窺《うかが》うくせに。そうやって人間をやるのが下手で、不器用なところが好きだ」

俯《うつむ》いた椎名の顔が見えなくなって、けれど耳が真っ赤になっている。

「……物語の話をする時の、幸せそうなお前が好きだ。少しだけ声音が優しくなって、いつもより楽しそうで、俺が共感したら、ぱあって表情が明るくなるところが好きだ」

椎名は両手で顔を覆った。小声で「もうやめて……」と呟いている。やめないぞ。

「……笑った顔が好きだ。花が咲くように頬が緩むところが」

たくさんの好きが溢れてくる。

ああ、ずっとずっと昔から、俺はお前のことが好きだったんだな。

それが恋に変わったのは最近だけど、俺はずっとお前のことを大切に思っていた。

お前を幸せにしたいと、お前の笑顔が見たいと、お前と一緒にいたいと。

「も、もういいから、分かったから！」

「——お前のすべてが好きだ。面倒臭いところも、不器用なところも、自分に自信がないところも、人間が下手なところも、全部ひっくるめてお前のことが大好きだ」

「……もう、十分よ……私のことが好きなのは、分かったから」

「だったら、俺がお前と付き合えたら、どんなに幸せかってことも分かるだろ？」

「う……」

椎名は顔を隠す両手をずらし、ちらちらと俺の顔を見る。

「つ、付き合う……私と貴方が……本当に？」

椎名は何を想像しているのか、ただでさえ赤い顔がさらに赤くなっていく。

「や、やっぱり駄目！　そんなの、私が私じゃなくなっちゃうわ！」

「どういうことだよ⁉」

「幸せすぎておかしくなっちゃうの！」

「そんなの、俺だって同じだよ！」

「……でも、恋人になったら、別れるかもしれない。別れたら、もうそれまでよ。その幸せを知ってから今更友達になんて戻れない。だったら、最初から友達のほうが――」

相変わらず、悪いほう悪いほうへと想像を膨らませる女だ。

たぶん、ネガティブな自覚すらないのだろう。実際、今までそうだったのだから。

「だったら、結婚しよう」

「……………………………ふぇ？」

「一生、隣にいると誓う。別れるとか、そんな心配がなくなるように」

「……わ、私たちの歳《とし》じゃ結婚できないでしょ」

「じゃあ、婚約でいい。結婚できる歳になるまで待つから」

そこまで言っても、まだ椎名は躊躇っている。いい加減に、苛《いら》ついてきた。

「椎名！　お前、まだうじうじ悩んでるのか！」

「だ、だって……貴方を幸せにできる自信が、私には……」

「挑戦してみろよ！　殻に閉じこもってちゃ何も始まらないだろ！　いいか⁉」

大きく息を吸う。今からするのは、とんでもなく情けない要求だ。

「――お前が、俺を幸せにしろよ！」

椎名は驚いて、目を瞬かせて、尋ねてくる。

「な、何よそれ……」

「他の誰かに任せようとするなよ！　私ならできるって言えよ！　……努力もせずに投げ出そうとするなよ。椎名麻衣。言っておくが、俺はお前に幸せにされる自信がある」

どういう宣言なんだ。自分でもだいぶ謎だが、椎名には響いたらしい。

「挑戦……」と呟き、椎名は自分の掌《てのひら》を眺める。

「……俺たちはさ、前世の記憶に引っ張られて、普通の人よりも人生を上手《うま》くやれないのかもしれない。幸せになるのが下手なのかもしれない。だから、二人で支え合って生きていけたらいいじゃないかって思うんだ。俺は、お前を幸せにする。約束する。だから」

「……私が、貴方を幸せにすればいいいって？」

椎名の言葉に頷《うなず》く。

ふと、前世の記憶が脳裏を過る。
『だったら、仕方ないわね。せめて私が一緒に不幸になってあげましょう』
お前はかつてそう言ったよな。
俺はあの時、心の中ではお前の言葉を認めなかった。
一緒に不幸になることはできない。不幸になるのは俺だけでいい。
そう誓った。だけど、結果的には魔女の言う通りになった。
「……私たちに、それができるかしら？」
椎名はぽつりと呟く。
「できるさ」
前世の俺たちは、グレイとセリスは、一緒に不幸になることしかできなかった。
だけど今世の俺たちは、白石護道《しらいしごどう》と椎名麻衣は違う。
俺は前世とは違う。英雄なんかじゃない。
だから、あの頃よりも傲慢に生きる。
俺自身が欲しいものを手に入れる。
欲しいものは俺の幸せで、やりたいことをやるんだ。
俺がやりたいことはお前を幸せにすることだ。
だから、俺は、椎名に向かって手を差し伸べる。

「――二人で一緒に、幸せになろう」


椎名は泣きながら笑った。随分と情けない顔をしている。

可愛い顔が台無しだ。目元が腫れて、頬に幾筋も涙が伝っている。

それでも椎名は涙を拭って、決意の表情で俺の手を取った。

「……はい。私、頑張るわ」

椎名は繋いだ手を引っ張って、前のめりになった俺に抱き着いてきた。

「お、おい雨でびしょ濡れなんだぞ」

「別にいいわ」

ふわりと、甘い香りが鼻腔《びこう》をくすぐる。

椎名の体温が、雨で冷えた俺の体を温めていく。

「……護道。私ね、貴方を幸せにするわ」

耳元でささやくようにそう言われ、抱きしめる手に力がこもる。

「――俺も、お前を幸せにするよ。今度は友達じゃなく、恋人として」

＊

椎名と抱き合ってから、どのくらいの時間が経《た》っただろうか。

たぶん一分にも満たないだろうが、幸せでいっぱいの気持ちになった。

しかし、いつまでもテンションマックスではいられない。

すべてが解決したことで、段々と冷静さを取り戻してくる。

……これ、どのタイミングでやめればいいんだろ？

椎名はひしっと抱き着いたままなので、その顔までは見えない。今のところ離す気はないらしい。何なら俺の胸板に頬をすりつけている。なんだこいつ、可愛すぎだろ。

というか、いくら人がいないとはいえ、ここ公共施設なんだけど？

俺たちは群馬県庁の展望スペースで何をやっているんだ？

大声で口喧嘩《くちげんか》をして、愛を叫び合って、挙げ句の果てには抱き合っている。

こんなところ、もし誰かに見られていたら完全に黒歴史だ。

「あの、ちょっといいかい？」

後ろから申し訳なさそうに声をかけられ、思わず体がびくっと震える。

普段なら足音に気づかない俺じゃないが、興奮しすぎておかしくなっているらしい。

慌てて椎名から離れて振り返ると、そこにいたのは警備員のおじさんだ。

「盛り上がっているところ申し訳ないんだけどね、そろそろ閉める時間なんだよ」

「は、はい……すみませんなんか本当に……」

縮こまる俺と椎名。愛を叫び合っていた時より顔が熱くなってきた。

何をやっているんだ俺たちは本当に。

「いやいや、いいものを観《み》させてもらったよ。やはり青春っていいねぇ」

うんうんと頷く警備員さん。生暖かい視線が俺たちに刺さる。

今回ばかりはこの視線に文句を言う気にはなれない。ごめんなさい……。

「他にお客さんが来なくてよかったねぇ。来てたら流石《さすが》に止めなきゃいけなかったから」

そう説明しながらも、俺たちをエレベーターへと促す警備員さん。

「それじゃ、お幸せにね」

エレベーターに乗り込んだ俺たちを、警備員さんは笑顔で見送ってくれた。

地上へと下っていくエレベーターの中、俺たちは並んで立っている。

ちら、と隣の椎名を見ると、ちょうど椎名も俺を見ていて、目が合って、なぜか逸らしてしまう。もう一度見ると、椎名も俺を見た。今度は椎名が目を逸らす。

なんだこれ。距離感が分からない。

えっと、つまり俺と椎名は恋人になったってことでいいんだよな？

やばい。恋人っていったいどうすればいいんだ。何も分からなくなってきた。

というか、隣にいるだけで緊張してくる。

……そうか、俺は今、椎名と付き合っているのか。

「ほら、行くわよ」

地上に着いて、エレベーターの扉が開く。まだ足が動かなかった俺に対して、椎名は俺の手を握った。そして手を繋いだまま前に出て、俺を促してくる。

「し、椎名？」

「こ、これぐらいいいでしょ……恋人なんだから」

と、椎名は手を繋いだまま顔を逸らす。

顔は逸らすくせに、腕はぴったりくっついているぐらいに近かった。

「……護道？」

黙っている俺が気になったのか、椎名が仰ぐように俺を見る。

「もしかして照れてるの？」

俺と同じぐらい顔が赤いくせに、からかうように椎名は言う。

「……可愛い」

くすりと、椎名は蠱惑《こわく》的に笑う。それは今まで知らなかった椎名の新たな一面で、今までは俺が椎名をいじる側だったのに、恋人になったせいで力関係が逆転した気がする。

……いやいや、椎名だって俺と同じように恋愛初心者だ。

仕返しに椎名を照れさせてやれば、まだ男の意地は保てるはず。

「し、椎名」

そう思って椎名の名前を呼ぶと、唇に指を突きつけられた。

「それ、嫌よ」

「ど、どういうことだよ？」

「……恋人なんでしょう？　名前で呼んでくれるかしら」

つまり、麻衣って呼べってことか？　そのぐらいなんてことない。

……そう思ったが椎名呼びに慣れてきたせいか、急に恥ずかしくなってくる。

確か椎名は英雄呼びをやめた段階から護道呼びだったか。俺も魔女呼びをやめた段階でどさくさに紛れて麻衣呼びにしておけばよかった。

そうすればここで急に恥ずかしくなったりしなかったのに。

「……護道？」

「…………ま、麻衣」

名前で呼ぶと、椎名は……麻衣は、嬉しそうに笑った。

「もう一回」

「いや、なんでだよ」

「…………恋人なんでしょう？」

その甘えるような顔やめろ！　と思っても口から出ない。

「……麻衣」

素直に呼ぶと、椎名は肩に額をぶつけてくる。

一度繋いだ手を解いて、俺の腕を抱え込むように体勢を変えた。

その体勢、胸の柔らかい感触が直《じか》に当たって非常にアレなのでやめてほしい。

「あんだけ渋ってたくせに、急にノリノリだな……」

本心から突っ込むと、麻衣は頬を膨らませる。

「ずっとこの気持ちを我慢してたもの。それを、我慢しなくていいって説得してきたのは貴方なんだから、ちゃんと責任は取ってもらうわ。……私も、頑張るから」

「……分かったよ」

心臓に悪いとは思うが、嬉しいのは間違いない。

夜空の下、二人で帰り道を歩く。雨はとっくに上がっていて、雲はなくなり、満天の星が広がってた。雨でいまだに湿っている服だと、少しだけ肌寒い。

残暑がありつつも、秋の訪れが近いことを知らせる気候だった。

隣を歩く麻衣が、ふと口を開く。

「これからよろしくね、旦那様」

「旦那様⁉」

「だって、結婚するのでしょう？」

「いや、するとは言ったけど……」

ちょっと旦那様はまだ気が早いかな……。

そう思いつつも、麻衣との新婚生活を想像する。

『おかえりなさい、貴方。お風呂にする、ご飯にする？　それとも……』

あ、やっぱり旦那様でいいです。結婚するからな。うん。

「冗談よ。その時が来るまで、待っているから。今はまだ恋人のままでいいわ」

「そ、そうだよな……」

「何で落ち込むのよ。現実的に無理でしょう」

あまりにもその通りだった。椎名の冗談に振り回される俺、情けなさすぎる。

「また、プロポーズしてくれるわよね？」

「え、もう一回やんなきゃなの？」

「当然じゃない。美味《おい》しい料理は何度食べても飽きないわ。それと一緒よ」

こんな緊張する大舞台、何度もやりたくないのが本音だった。

でも麻衣が喜ぶなら仕方ないなと思って、肩をすくめる。

ふと空を仰ぐと、流れ星が瞬いた。消えていく寸前に、祈っておく。

――どうか、俺たち二人の未来に幸あれ、と。

終章　世界よりも君を選んだ

翌日。興奮のせいか寝不足の頭で学校に向かう。

教室の扉を開くと、いつも通りの光景……ではなかった。

なぜかみんな俺に注目している。しかも、何なら生暖かい目線だ。

よく見ると、すでに椎名《しいな》が席に着いている。久々の登校だからか、クラスのみんなに囲まれているようだった。なぜか顔は赤く、俺と目が合うと申し訳なさそうな顔をする。

「護道《ごどう》？　何やら麻衣《まい》ちゃんに情熱的な告白したみたいじゃない？」

ニヤニヤと笑いながら煽《あお》ってきたのは比奈《ひな》だった。

……いや、麻衣のやつ、そこまで言ったの？　クラスのみんなに？

「お前……」

「ご、ごめんなさい」

「ちょっと、麻衣ちゃんは責めないでよ。あたしたちが無理に聞き出したんだから」

「無理に聞き出すな。こっちはもう黒歴史すぎて忘れたいんだよ」

「……そ、そうなの？」

そこで悲しそうな顔するなよ。場所とか状況とか、そういう話だから！

「いや、あれだよ。警備員さんに見られたこととか、その辺だよ」

「そ、そうよね。てっきり私の勘違いで、昨日のは夢だったのかと……」

「……んなわけないだろ。俺は、ちゃんとお前を……」

言葉を続けようとして、ここは教室だと思い出す。

にゃーっという文字が顔に書いてありそうな表情で、みんなは俺と椎名を眺めていた。

「おいおい、さっそくイチャつき始めたよ」

「お熱いねぇー」

「ま、昨日の今日だろ？　初日ぐらいは見逃してやろうぜ」

などと口々に言い合っている。こんなに楽しそうなのは球技大会ぶりだな。

「ええい！　鬱陶しい！　散れ！」

俺がぶんぶんと手を振ると、集まっていたクラスのみんなは苦笑して、それぞれのグループに戻っていく。その場に残ったのは比奈と信二《しんじ》と優香《ゆうか》。いつもの面子《メンツ》だった。

「よかったじゃねえか。おめ」

信二は軽い調子で言ってから拍手する。本当に祝ってくれてんのか？

優香は何やら複雑そうな顔で比奈を見た。吸い寄せられるように、俺も比奈を見る。

「気にしなくていいわ。あんたの背中を押したのは、あたしよ？」

比奈はいつも通りの笑顔でそう言った。少なくとも、空元気には見えなかった。

幼馴染《おさななじみ》の俺ですら見通せないぐらいに、比奈はいつも通りに笑っている。

「てか、感謝してほしいわね。あたしが恋のキューピッドなんだから」

大きな胸を張る比奈。麻衣は素直にぺこりと頭を下げた。

「この馬鹿はあたしじゃ手に負えないから。……麻衣ちゃん、お願いね？」

「は、はい！　頑張ります！」

おい麻衣。敬語に戻ってるぞ。仲良くなったんじゃないのか。

この二人の間にも、何かしらあったのだろう。少なくとも、俺が口を出せることじゃなさそうだ。まあ、この雰囲気ならすぐに元の感じに戻りそうではある。

「しかし、まさかお前が愛を叫ぶ日が来るとはなぁ」

信二が話を切り替えるように言う。切り替え先があまりにも最悪だな。

「麻衣からどこまで聞いたか知らんが、黙ってくれ」

「……麻衣？」

「麻衣、かぁ……」

「ふぅーん……」

だからその生暖かい視線をやめろ！

くそ、具体的に何か言ってきているわけじゃないので反論もできない。

しばらくはこの視線に耐えないといけないのか……。

「あ、その……私が名前で呼んでほしいって言ったので……」

お前はお前で解説しなくていい！　解説始めるのがいちばんえぐい。

「ほぉー」

「へぇー？」

「ふぅーん」

楽しそうに口角を上げる信二、優香、比奈。

「だあああああ！　もう鬱陶しい！」

「お幸せにー」

と言って、三人は談笑しながら去っていく。

残されたのは俺たち二人だけ。

でも、周りからの視線はちらほら感じた。

麻衣をじとっとした目で見ると、ごほんと露骨に咳払《せきばら》いしている。

「だ、だってみんな心配してくれて……休んでた理由を聞かれたから……」

「休んでた理由って、どこまで言ったんだ？」

「昨日のこと、ほとんど全部……」

「そりゃみんなもこんな目で見てくるわ！」

しばらく欠席していた人が登校してきて、その理由が色恋沙汰だと分かったら、そりゃ生暖かい目で見るに決まっている。マジで恥ずかしいのでやめてほしい。

ただでさえ昨日、布団の上を転がっていたというのに。

さらに追加ダメージだ。なんかもう恥ずか死するかもしれない。

麻衣と今世で関わってから、恥ずかしいことばかりやっている気がする。

黒歴史量産生活だ。本当に勘弁してほしい。青春だからで誤魔化すには限界がある。

「……ねぇ、ちょっといいかしら?」

わざわざ前置きして、麻衣が尋ねてくる。

「何だ?」

「土曜日って空いてる?」

「ああ、確か空いてるけど。バイトもない。けど、どうした?」

「デート、デート、したいなって……どうかしら?」

「デ、デート、デートね! いいけど……デートって何をするんだ?」

「私も、分からないけれど。でも、恋人はデートをするものなのでしょう?」

「そうらしいな……」

俺も昨日の夜、『恋人　何する』で検索かけたから知っている。

「じゃあ、デート……するか」

「そうね。内容はまた、考えましょう。今日の夜、電話するわ」

麻衣がそう言ったタイミングで、教室に先生が入ってくる。

朝のホームルームの時間となり、今日も今日とて平穏な日常が始まる。

ただ、いつもと違う点があるとすれば、俺と麻衣が恋人同士ということだろう。

ふと麻衣の席に目をやれば、麻衣も俺を見ていて、胸元で小さく手を振ってきた。

その口元には柔らかい笑みが浮かんでいる。

……はぁ？　可愛《かわい》すぎるだろ。

少し前までは目が合ったら睨《にら》みつけてきたやつと同じとは思えない。

麻衣が転入してきたのが二ヵ月前、友達になったのが一ヵ月前、そして、恋人になったのが昨日。思えば短期間でいろいろあったものだ。濃密な二ヵ月間だった。

かつて異世界で英雄と呼ばれた俺と、異世界で魔女と呼ばれた女。殺し合いをしていた二人が生まれ変わった先で恋人になるなんて、想像できたものは誰もいないだろう。

「椎名も戻ってきたことだし、教室が明るくなった気がするなー」

教壇に立つ先生の冗談で、意識が現実に戻る。麻衣がぺこりと頭を下げていた。

やがて朝のホームルームが終わり、一時間目は物理だ。教室を移動する必要があり、みんなぞろぞろと移動し始める。俺も教科書とノートを持って席を立った。

「行きましょう？」

すでに準備を終えていた麻衣が、俺を待っている。

「ああ、一緒に行くか」

これから先、どこまでも、二人一緒に。

「何だか、みんなの視線が恥ずかしいわ」

「それは主にお前のせいだろ」

「だって、表明しとかないと……誰かに取られるかもしれないから……」

「と、取られるわけないだろ」

「分からないわよ。貴方《あなた》、私と違ってモテるじゃない」

「お前だって男子に大人気のくせに何言ってんだ。鏡見たことあるのか？」

そんな言い合いをしながら、学校の廊下を並んで歩く。

ふと麻衣が呟《つぶや》いた。

「……ずっと一緒にいたいわ」

「そりゃ俺だってそうだよ」

「死ぬまでよ？　私が死ぬ時も、傍《そば》にいてね？」

「それはできない相談だな。お前は俺より長生きしろ」

「なんで。前世の時はそうだったんだから、今度は貴方の番でしょ」

「お前が死んだら生きていく意味がないだろ」

「私だって同じよ。貴方が先に死んだ時の、私の気持ちを考えてほしいわ」

「それは……本当にすまん」

「別にいいわ。貴方が、私より長生きしてくれたら」

「でも、それは嫌だな」

「何でよ！」

「言ってるだろ。お前の存在が、俺が生きている理由なんだ」

「……そ、そう」

「……あ、えっと、まあ、うん」

「で、でも……その時にはこ、子供とか、孫とか……いるかも、しれないわ」

「……こ、子供か。そうだな。それは、生きる理由になるかもな」

「……え、ええ。そうでしょう？」

「ふーん……子供かぁ……」

何となく麻衣をちらりと見やる。麻衣は赤い顔で俺を見上げていた。

その視線が、じとっとした感じに変わる。

麻衣は唇を尖《とが》らせて、呟いた。

「……何でこっち見るの。えっち」

「いや理不尽だろ！」

その話題出したの俺じゃないんですけど。

「視線がいやらしかったわ」

「そんなことは……ないだろ？　たぶん」

「何でちょっと自信失ってるのよ」

正直そういうことをまったく想像しなかったと言えば嘘《うそ》になるからだ。

「……別に、貴方にならいいわよ。そういう目で、見られても」

「……お、おう……」

身じろぎしながら言われても反応しづらいからやめてほしい。

「でも、まだ早いわ。そういうのは、結婚してからじゃないと駄目よ」

「いや、今時そんな価値観あるか？」

「……何よ。私たちは結婚するんだから問題ないじゃない。そうよね？」

「……そうだな。分かったよ」

正直そういう欲がないわけじゃないが、麻衣がそう言うなら我慢しよう。

そう思えるぐらいには、俺は椎名麻衣のことが好きなのだから。

「……やっぱり、嘘」

肩をすくめた瞬間に麻衣がそう言ったので思わずずっこけそうになる。

「いや、何でだよ」

「……私のほうが、我慢できなくなるかもしれないわ」

「…………」

あの。顔を逸《そ》らしながらそういうこと言うのやめてくれない？

非常に反応しづらいし、非常に気まずい。

そもそも平日の朝から学校の廊下で俺たちは何の話をしているんだ。

小声で話しているから内容までは聞かれていないだろうが、付き合い始めたことが周りに広まったばかりなので注目はそれなりに集まるし、俺たちの顔が真っ赤なところは見られているだろう。ああ、またひとつ黒歴史が積み重なっていく……。

「や、やめましょうこんな話！　もっと、こう、健全な話を！」

「そ、そうだな！」

明らかにギクシャクして緊張している俺たち二人。

周りからはさぞ滑稽に見えるのか、くすりと笑い声すら聞こえる。

「おい、笑われてるぞ」

「あ、貴方が変な目で私を見るからでしょ」

「お、お前が変な話を始めるからだろ！」

「ご、ごめんなさい……」

「いや、俺もごめん……」

俺と麻衣が一緒だと、こんな風に笑われてしまうようなことばかりで、きっとこれから先も俺たちは黒歴史を量産して、思い出しては布団の上を転がる羽目になるのだろう。

何しろ二人とも人生二周目のくせに人生が下手で、恋愛も初心者と来た。

だけど……麻衣と二人なら、それも悪くないな、と思えた。

*

いつかどこかで、白石《しらいし》護道は言った。

「俺は、お前を愛している。だから、結婚しよう」

いつかどこかで、椎名麻衣は答えた。

「……はい。私も、貴方を、愛しています」


〈了〉

あとがき

これ以上ないぐらいのハッピーエンドが好きです。

この物語は、悲劇の後から始まる物語でした。いわゆるバッドエンドアフターというテンプレ（？）です。私はこの形式の物語が、昔から好きでした。たとえば勇者の主人公が魔王に敗北し、世界が魔王軍に支配された――その、後から始まる物語。そして、そういった悲劇から始まる物語が、完膚なきまでのハッピーエンドへと至る軌跡が好きです。

――と、いうわけで。お久しぶりです。雨宮和希《あまみやかずき》でございます。

さて、『英雄と魔女の転生ラブコメ』これにて完結です。

殺し合っていたはずの二人が、一巻で友達になり、二巻で恋人になりました。

本当は、もう少し設定や展開の用意はあったので、それも開示したい気持ちはあったのですが、いざ二巻を書き上げてみると、むしろ元英雄と元魔女の二人の物語として、ブレることなく、綺麗にまとまったと考えております。だから私は満足です。

元英雄と元魔女。不器用な二人が幸せになるまでの物語、いかがでしたでしょうか。

二人があまりにもこじらせすぎて、非常に面倒な回り道をしていますが、それこそ青春ラブコメの醍醐味ではないでしょうか。二人とも初恋なので、仕方ないよね。

面白いと思っていただけたのなら、作者冥利に尽きます。